# 诗歌内外

王可田

—— 著

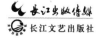
长江文艺出版社

**图书在版编目（CIP）数据**

诗歌内外 / 王可田著. —— 武汉 ：长江文艺出版社，
2024. 4

ISBN 978-7-5702-3284-0

Ⅰ. ①诗… Ⅱ. ①王… Ⅲ. ①文学评论－中国－文集
Ⅳ. ①I206-53

中国国家版本馆 CIP 数据核字(2023)第 139574 号

**诗歌内外**
SHIGE NEIWAI

责任编辑：王成晨　石　忆　　　　责任校对：毛季慧

封面设计：祁泽娟　　　　　　　　责任印制：邱　莉　王光兴

出版：长江出版传媒　｜　长江文艺出版社

地址：武汉市雄楚大街 268 号　　　邮编：430070

发行：长江文艺出版社

http://www.cjlap.com

印刷：湖北恒泰印务有限公司

开本：880 毫米×1230 毫米　　　1/32　　　印张：7.75

版次：2024 年 4 月第 1 版　　　　2024 年 4 月第 1 次印刷

字数：158 千字

定价：49.00 元

# 目　录

# 第一辑

## 诗歌综述

# 以隐没的方式发光

## ——新时期以来陕西诗歌的隐性表达

从某种意义上说，诗歌的表达是对诗人及其存在的彰显。但我们也会经常发现一种相反的境况——诗人及其诗歌存在隐匿和无名。瑞士法语诗人菲利普·雅各泰（1925—2021），1958年写过一首著名的诗——《愿终点把我们照亮》，其中的"愿隐没成为我发光的方式"，亦成为他心性独具的诗歌人生之写照。这显然不是特例。我们瞩目文学（艺术）史，会发现这样一类人构成的族群或序列——他们作为生活现场的匿名者、时代天空的暗星，却是精神领域有待彰显的巨大存在。他们以全部生命响应着诗与歌最原初的状态：静默和无名。

这样的人，这样的生存和写作状态，正是应了尼采神启般的话语："有些人是死后才得以诞生的。"如若这样，我们也将毫无办法。我们只能说：那是命运，或者是比命运更强大百倍的东西——一种宿命般的源自内在或外在力量的推动。

探讨诗歌，若在本体论框架之下，就会涉及一种无法言说的无名状态。而书写，就是对"无名"的揭示和显昭。在逐渐靠近的过程中，诗人的生命也会被诗浸染和同化，诗人愈是纯粹，二者融合得愈是无间。"诗无名，诗人亦无名"，遂成为少数诗人的宿命。但我们不能因此就信心陡增：无名者，正是在对自我的消隐和匿藏中重获主体性的。

毋庸讳言，文学经典就是一份幸存者的书单。因此，我们不能完全寄望于那些有良知的文学史家或文学批评家若干年后的"诗学考古"。倘若诗人在他自己的时代，始终不被发现，以至作品散轶，那么后世的"重见天日"又如何期待？写作，最终面对的是时间，这就意味着要穿越那道火焰之门，接受被吞噬和被毁弃的命运。所以，我们不能没有紧迫感，不能忘记诗人的本职所在——为诗歌做工。关注那些处于遮蔽状态（有时是自我遮蔽）的民间诗人和民间写作，就是以诗歌的名义寻觅珠玉和真金，减少精神家园的亏空与缺憾。

新时期以来的陕西诗歌，挣脱了工具论的枷锁，回归了诗歌本身，在主题和表现方式上日趋丰富和多元，但也使得很多诗人的表达更加"匿名化"。因为他们很少以诗歌去图谋什么，也不再执着于作品的营销和推广，"日渐无名谦逊地沉默"（宗霆锋诗句）。事实上，他们的"沉默"不是未曾言说，而是未经（或很少被）听闻。那么，就让我们成为好诗人、好诗歌的传诵者吧，招引那些被遗忘者、缺席者、从未到场者，从晦暗无名之地重临当下诗歌现场，接受读者和时间的拣选。


## 胡宽："开山鼻祖"或"形式崭新的匕首"


翻开 1996 年由漓江出版社出版的《胡宽诗集》，犹如捧起传说中的羊皮书卷，兴奋、急切、惶恐、焦灼……神秘的预言或启示、昭然若揭的普遍真理，都是我所期待甚至妄想的……当然，首先映入眼帘的是诗人的肖像，一帧不知拍摄于何时的照片。那深邃的眼神、俊朗的面孔、时兴的发式和着装，不输过去甚或当下任何一位帅气的明星。诗集序言《胡宽，一个渎神者的神化》，由时年 32 岁的青年评论家李震撰写，这也是迄今解读胡宽诗歌的最重要文本及参考性文献。

诗集中的第一首《冬日》，写于 1979 年 12 月。但书中附录《胡宽生平和创作年表》，则提示我们他的文学创作始于 1976 年。也就是说，胡宽在很短的酝酿期和练习期之后，就拿出了成熟的诗歌文本。不可否认，天赋异禀的人往往在创作之初，就能获致自己专属的材料和方法、形式与主题，就像于坚不无夸饰地宣称：从一开始，我就是一个成熟的诗人。

一页页地读下去，年代抖擞身体，一颗尘封的诗心重又鲜活地跳动。从《不是题目的题目的题目》《银河界大追捕》《W乐章 自供状》到《土拨鼠》《奇迹是怎样创造的》《有形的和无形的》《死城》等，我们一方面惊讶于诗人早期文本的成熟度，另一方面又为充斥其中的"后现代"特征而瞠目。如果我们追溯 20 世纪 80 年代初期的社会文化氛围，主导诗坛的主流书写样式，以及未被充分认可的朦胧诗的异质审美，便毫不费力地辨认出胡宽诗歌的先锋特质和极大的超前性。正如青年诗评家胡亮所说："这批乘坐时间旅行器而来的恐龙般的作品，堪称新诗史上最早的荒诞派、自发的嚎叫派、无师自通的实验诗、来历不明和令人费解的美学金字塔。"

"来历不明"和"令人费解"，当属评论家的褒词，也符合当时语境下人们的普遍认知。可以说，胡宽最令人惊奇也让人倍感困惑的，便是中国社会在改革开放初期、城市化进程刚有苗头、现代主义精神复苏之际，他便自觉而娴熟地掌握了后现代主义的写作理念和方法。胡宽诗歌的超前性或者说先锋性，无可置疑，即使今天看来依然"形式崭新"；只是这种"超前"和"崭新"的成因，需要我们用可靠的材料和事实说话。据胡宽生前好友的回忆和网络上的零散文章，我们获悉，胡宽在上世纪 70 年代末，便熟读外国诗歌作品。那时复刊的《外国文艺》《世界文学》等杂志也进入他的视野，马雅可夫斯基、惠特曼、聂鲁达、艾略特，乃至艾伦·金斯堡，都成为胡宽汲取诗歌营养的对象、意欲超越的大师和前辈。而这些诗人的写作风格，我们不难从胡宽的文本中觅得踪迹。也就是说，胡宽的写作是有师承关系的，并非"无师自通"和绝对的"原创性"。

这么说，丝毫也不影响胡宽的先锋引领作用、贬损其文本价值。通读胡宽 1979 年至 1984 年间的早期作品，我们惊讶地发现，那种特别的自成体系的言说方式和话语类型，从一开始就是如此地清晰与坚定。那是专属于胡宽的，是他自发、自觉的艺术实践。这说明，胡宽在写作之初就轻易地越过学步阶段，径直跨入创造性的核心区域。结合他的家世、他不羁的性格，以及他在乡村的经历，我们可以断言，他的写作就是基于自我生命的天启和诗歌美学的异域联姻。他拓荒般的美学"贩运"，出乎我们的意料。但真正让我们吃惊的是，他的生存状态、感受和思考方式与后现代的言说风格之间，是如此契合，并有着深刻的一致性。借用他一首诗的标题，我们甚至能够对他的开创性给予崇高的详价：胡宽就是中国后现代主义的"开山鼻祖"。的确，在很多年后，我们才见识到诗歌、绘画、电影等艺术领域的后现代主义表达。

当然，经典文本的铸造，仅凭超前的艺术理念和自由不羁的艺术形式是不够的，还需要强大的创造力作为后盾。《不是题目的题目的题目》写于 1980 年，在这首诗里，我们读到一个叛逆的时代青年异常清醒的认知、思考和痛苦："诗歌常常接受/语言的贿赂/溜进低级的饭馆/大口大口地喝光/腐烂的菜汤。"《银河界大追捕》也完成于 1980 年，这首诗的标题有四行之多，被设置成不同的字体，错落排列。与标题的奇特相比，内容则进一步显示了怪诞。奇思妙悟，异想天开，这完全是一出充满卡通色彩的荒诞剧。透过纷乱离奇的内容情节，我们不难发现其中对社会和人性的批判。

写于 1981 年的《土拨鼠》，是一部典型的后现代文本，也被认为是胡宽的代表作之一。无序膨胀的诗句，没有逻辑关系的情节或场景的随意拼贴与堆砌，历史/现实、崇高/鄙俗、庄严/嬉闹……的抹平、并置，阅读这样一首诗，是对读者耐心的极大考验，是对诗意期待的无情冲击。在人鼠对峙、人鼠合一的过程中，我们看到现代人的异化、无聊琐屑的生存状态以及焦灼卑琐的内心。这首长诗在无厘头的调笑背后，有着对传统诗歌审美以及权威和秩序的颠覆。《死城》是 1982 年的作品，这样一个能让人联想起艾略特《荒原》的充满隐喻意味的诗题，在胡宽笔下却成为诗歌体式的波普艺术——诗、散文、备忘录、日记、祝酒词、谚语的拼贴。死城之死，越过荒原象征之荒，抵达中国式的荒诞。但死城并不"排斥理想"，也在呼唤"未来神异的灵光"。

诗人写于 1984 至 1988 年间的作品，被认为是他的中期创作。尽管只有短短五年，我们也能从中一窥诗人话语风格的有效承接，诗歌主题的拓展以及深化等特征。《034 破产阴谋》这首诗的结尾，有这么几句："有一只臭手/正慢慢地捏住了我的咽喉/我的咽喉/咽喉。"这种感受可以说是生理上的（对应诗人的哮喘病），也是精神上的。躯体化的修辞，传达出的往往是更为内在和强烈的生命体验。《模仿者》被诗人定性为"现代童话"，与早期的《滚开　平淡无奇的故事》相呼应。这仍是一个贯穿个体生命和文学史的"寻找"主题，参看几乎同一时期的北岛的《迷途》、梁小斌的《中国，我的钥匙丢了》等作品，就会发现他们之间写作的异同。更为关键的是，胡宽的"寻找"是在理想幻灭、"理性粉碎"之后，"荒原意识"陡增。《超级巨片 丽丽》在诗歌体式上与《银河界大追捕》有些类似，人物和场景的蒙太奇式剪辑，反映的正是胡宽诗歌一个最显著的特征——戏剧化。长诗《护身符》中的后现代表达可以与《土拨鼠》媲美。或者说，在《土拨鼠》中淋漓尽致表达的，在《护身符》中找到了另外一种更加令人诧异的方式。第一章《欲海诧异》中，"蝇拍"和"魑魅翁"这两个"人物"，有一搭没一搭的交谈，更多是自说自话，彼此之间没有必要的联系。第二章、第三章更换话语方式，但其意义、内涵支离破碎，仍让人摸不着头脑。

《无形的诱饵》和《阉人节》是此后两部篇幅较长的作品。碎片化的情境、意绪的组接、频繁的人称转换，让从其中捻取一条贯穿始终的情感或思想线索的努力，变得愈发困难。但是，透过语言恣意的狂欢，我们还是能捕捉到尖厉的声音，调侃、戏谑、讥讽的腔调所能传达的意味。如果说，《无形的诱饵》中更多是荒诞无稽，《阉人节》则沉痛有力许多。这一时期，胡宽诗歌的试验性和后现代性更加集中、鲜明和彻底，有些甚至无法进行有效的解读。像《XMYHV》《Q》《531》这样标题和内容的分离，《A.J. 胖子》中数字、数学公式、英文字母以及少数汉字之间语义的断裂等。不过，对于这类诗歌试验，我们应持一种开放、包容的态度，因为它们在汉语诗歌中不是太多而是太少了。

在诗人生命的最后五年，也就是九十年代的写作中，这一情形发生了微妙的变化。如果我们从语言的内部秩序进行观察，就会发现胡宽的写作从一种无序、膨胀的状态中逐渐脱离，自觉寻找秩序，进而寻找意义显明的所指。这一时期，语言的杂芜状态有所收敛，产生了一批精粹的短诗，像《告别宴会的前夜》《与 T. S. 对弈》《窥见江河流入海洋》等。在长诗方面，《黑屋》《雪花飘舞……》《受虐者》可称代表。在《黑屋》里，一段"欲望扭曲"的罗曼史上演又落幕，诗人十年后的回味和反思，徒留哀恸。这首诗一改诗人一贯的戏谑风格，表现出少有的诚恳和自我剖析，戏剧化的诗意叙说别有魅力。不仅如此，于胡宽而言，一种罕见的诗意之美也出现了。《雪花飘舞……》融抒情、戏剧性独白、哲思为一体，包孕复杂的生存体验和生命意味，可解性大大增强，甚至被认为是胡宽最优秀的作品。《受虐者》是诗人的绝笔，这是一首可以进行多种意义指向解读和阐释的作品，也成为胡宽诗歌的巅峰和绝唱。

阅读胡宽，对于那些意欲寻找诗意、美和确切意义的读者来说，无异于一种折磨。就像被流行音乐熏陶的耳朵，突然遭遇激烈的摇滚乐，甚至是那种尖利、刺耳的地下摇滚，不适以至厌恶再正常不过。阅读胡宽，也会让我们思考诗歌本身的问题——当诗歌抛弃了抒情、意象和诗意，还剩下什么？或者说，在这种情形之下，诗何以为诗？的确，胡宽不是抒情诗人，甚至不是叙事诗人，他是从艾略特的《荒原》中淘得真金的戏剧性诗人。他的诗剥离了诗之为诗最显著的特征——诗意，仍以其充满诗性的魅力促发人们对于社会、文化以及人性的批判性思考（正如鼠辈、侏儒、阉人等词语所暗示的那样）。也就是说，他的诗不以人们习以为常的美和善为目的，而是以真为旨归。但这种真（对事物真相的揭示），自带锋芒，自带一种残酷的美和剥离伪善之后的伦理诉求，体现的是稀缺而纯正的先锋精神。

　　我们津津乐道于胡宽诗歌中的后现代风格时，不妨也回头看看现代主义在中国文学中的表现。作为一种文学思潮，现代主义在 20 世纪初的中国大地上生根发芽，自有深刻的社会和文化根源。其形态意识，看似"横的移植"，实则是对传统的激活和重新发现。中国现代主义文学的开山之作，当推鲁迅的《狂人日记》，一种站在新与旧、传统与现代分界线上的激烈批判与深刻反思。无可否认，一百多年来，现代主义在中国仍是非主流的、边缘的、时断时续的。而作为对现代主义的反叛，后现代主义在中国更是缺乏孕育、生长的环境和土壤。但这样一种文学的精神或质素却在胡宽这里找到寄主，在那个现代性尚属稀缺的年代，孤立地生发、成长以至壮大，这不能不说是一个文学奇迹。而个人天赋、艺术想象力、独特的生存和生命体验，在其中发挥着至关重要的作用。

　　在近二十年的写作生涯中，胡宽始终恪守独立品格，不攀附不媚俗，体现出纯粹、边缘和个人化的特征，因而也成为民间写作的真正典范。"形式崭新的匕首"，出自《奇迹是怎样创造的》一诗，也可用来比拟胡宽诗歌的独辟蹊径和批判精神。尽管如此，我们仍不得不说：胡宽的时代还没有真正到来，他的匿名状态可能还要持续很久。但时间在展露其刻薄一面的同时，也会有公允呈现，我们相信那属于诗人的荣光会如期而至！

## 路漫：脱胎换骨变成一只鸟

　　2019 年初，诗人耿翔在微信上提到路漫诗集出版的消息

（《路漫的诗》，人民文学出版社 2018 年 12 月版）。这让我想起 1990 年代中期，曾在《诗歌报》月刊的封二上见过路漫的照片和引自内文的诗句，其中的"脱胎换骨　变成一只鸟"，至今犹记。"路漫的生命定格在 2000 年 4 月 26 日。这一天，距离他三十七岁的生日，还有二十天。"诗人的妻子栾辉经历内心的伤痛，十八年后，终于决计"完成此生一个重要的使命——整理他的诗稿，为他出一本诗集"，并写下《目送一只归鸟》作为后记。

《路漫的诗》这本选集，没有注明作品的创作日期，是否以时间顺序进行编排，尚不确定。这对想要了解路漫诗风演进轨迹的读者，无形中设置了障碍。但同时思量，这样的编排或许也正体现了编者的用意——诗歌，这语言的黄金，终究是要经历时间的筛子，如若不被拣选，创作时间再早又有什么意义？掐指算来，路漫离世已有二十个年头，这期间，大到国家小到家庭，再到个人内心，会是怎样的物境、心境的转换和迁移？还好，诗歌这沉默的语言，依然保持着当初敞开的姿势，接纳着任何一个愿意走近的人。如果更进一步，我们不妨说：凡是阅读者的目光点燃之处，都能让逝者复活，让逝者重新开口说话。

而这也正是诗歌魅力之所在——生命的能量和信息经过转化，在语言中得到有效储存。

路漫的写作发生在 20 世纪 80 年代中后期——中国社会的城市化、商业化开始兴起，现代化转型正处于阵痛中。那一时期，在物质丰裕、商业繁荣的时代镜像下，社会众生难掩道德品格的滑坡、内心生活的萎缩与贫血。而诗歌精神也一时陷入迷途，竟有失落的危险。于是，一些诗人选择退守自居，"建立灵魂的根据地"，以对抗外部现实和物质的侵蚀。正是在这样的背景下，"在物欲统治最薄弱的地方""金钱的背面"，路漫开始展开他的写作，创造他的诗篇。他的笔"灌满露水""被星光指引"；他的《语言》，"一芽新月　在星际练习发音/就像九月的蝉居高自远"；他的《诗艺》，"远离尘物""酷似飞翔""血液被持续照亮"；他的灵魂，"一堆躺着燃烧的火""照亮雪花的激情　惊推暗夜"。

　　由这些以诗论诗的言说中，我们不难看出路漫写作的诸多特征以及他对自我的期许。他的诗有纯粹的质地、轻盈的语调、透明的诗境、高远的境界；浓烈的情感经过提纯，意象融合古典与现代；无拖泥带水的烦冗，无牵强凑泊之感。即使今天看来，其思维、意识仍是新的，语感、语境并不陈旧。而且，动人心扉、启人心智之处，散落字里行间。路漫是典型的"灵魂歌者"，对于诗歌理想、爱情理想以及精神现实，都有不倦的追求。当然，这些主题的处理和展开，都在时代语境与个人处境的背景之下。《用诗歌喂养的爱情》，是他著名的一首诗。相对整饬的诗节层层推进，由对爱情的书写推延至爱人、女儿、家庭以及其他更多的事物，从中可见诗人内心的纯净和深情。"用诗歌喂养的家庭/在物质背面存活""用诗歌喂养的事物/脆弱而坚硬/从里到外从上到下/无一不是爱情的象征"。作为当时陕西诗坛的一位先锋诗人，路漫身体里仍驻有一颗浪漫主义者的灵魂。

　　阅读《路漫的诗》，我找到了记忆犹新的那句"脱胎换骨变成一只鸟"的出处——一首叫《幻影》的诗。古典意象与现代诗思，在这里酿造出甘美的语言琼浆，纯洁的心灵、美好的情意、飘逸的梦想，尽显其中。诗的最后一节这样写道："杯子

已经就绪  酒早已酿好/等待举杯的男子醒来/把自己渴望盘旋的灵魂重新醉倒/然后脱胎换骨  变成一只鸟"。在《火的祈祷》中，诗人已不满足于纯美诗境，而是在复沓的形式、高与低的位置变换中，传导出炽烈的情感和自我磨砺的意愿——"到中心的滚水漩涡里去"。在对超拔精神的颂扬中，诗人找到"珠穆朗玛"这一象征高度的物象，并有了这样开阔和直达根柢的呈示："面对疯长的元素  面对迎头痛击之物/一座潜存的峰影或遭遇/一种自崖际而来的世纪马车/它们运载时间与云影  彻夜不停"。

由此我们得以把握路漫诗歌轻盈、灵动和高蹈的特质。这也是他最为本我的部分。当然他并不囿于灵魂区域、精神空间，还将开花的笔探向更多事物，呈现更多的诗意维度。比如他写窑洞、腰鼓、黄土地，写狗、驼、动物世界，写船工号子、父辈的创业史、中原人等。对于特快列车，他这样称述，"两条铁蛇的盟约/至死互不交配"。在对日全食的观察体验中，他得出这样的警句："在失去照耀的那一刻  光更加深入人心"。而在《晚上九点至十一点遇见鬼》《月亮城》中，他的语言也更为放纵和日常化。

如果说《生我的村庄》《大西北》等有乡土味和现实性，属于乡土诗范畴，那么，《黄土：另一种启示》《横渡半坡黄土》《镜语》等一大批组诗或小长诗，则是在现代意识的省察和反思及生命意识的烛照下，复现或重构古老文明的精神图景。这个方向显示了诗人的雄心，也是他的诗歌在创造力的推动下，迈向更高层次的必然选择。在具体文本中，有了不同以往的表现：结构的繁复，场景的开阔，想象的奇丽等。《火梦》中有这样的表达："无法梦想的将是火  七丁年  结队飞过野外/叫声

染红了/成片的风景……无法梦想的将是永远的火 凤凰之羽/
环绕九个太阳 复活于心宫之中"。我们能够感知，诗人是以写
史之心，将生命及文化密码进行转译，企望更具根性的宏大书
写。不过，这项工程耗时费力，诗人未及深度呈现和大幅度展
开。但蓝图已绘，顺着诗人指引的方向，那些完工的、未完工
的以及更多的诗歌可能性，都浮现在我们面前。

回想1980年代、1990年代，唱着"一无所有"的那代人，
面对来势汹汹的物质挤压和日渐落寞的精神追求之间的矛盾，
他们的对抗与挣扎，已为当下人所陌生。如今的我们，已完全
被物质所驯服和同化，心安理得地享受着城市文明带来的成果。
曾经的那种辛酸乃至惨烈，已成为我们内心模糊的记忆和时代
遥远的回声。

路漫的写作持续了15年左右，在最富创造力的年纪，遗憾
地戛然而止。可以想象，若天假时日，他的诗艺还会更精进，
诗歌景观会更加坚实和恢宏。不过，在精神求索的漫漫长路，
我们也不乏欣慰的理由：一个诗人倒下了，他手中的火炬，那
永恒的活火，仍会在更多后来者的手中传递。


## 宗霆锋：请允许一棵树放弃它的事业


宗霆锋离开西安，客居北京宋庄，已经快十个年头了。有
一阵子，他放下诗歌，致力于现代水墨画的创作。那种极富油
画特征的色彩、构图，稚拙灵异的画面形象，以及充满幽深诗
意的主题呈现，对观者的视觉和心灵构成强大的诱惑与冲击。
但后来他的兴趣又转到别的什么方面，不过生活状态彻底好起

来了。有朋友带回消息说，他人也胖了，满面红光的。如果说宗霆锋果决地放下诗歌和绘画，尚可理解；但当他也玩起抖音，拍摄一些与文学艺术相关，甚至是行为艺术的短视频，无论如何都要让人惊讶了。才华横溢的人就可以这么任性，任意挥霍对别人来说无比珍贵的才华。或者说，这个无数艺术青年心目中"神一样存在"的特立独行之人，已不为文学和艺术所囿，转而身体力行地创建属于自己的诗意生活？就像他在一首诗中所写："当我不再/执着于诗，我成了/真正的诗人。"

他在大型组诗《后村喜剧》中，曾提到一盏被朋友们戏称的"后村探照灯"。而我，也是有幸被慷慨照耀过的人，不过那种情形更多发生在一个叫"杨家村"的地方。我那时的写作，无可避免地借用了他的某些意象、部分语调和句型，他对我的影响是深刻的。有了"影响"，便有了对影响的"焦虑"以及克服。十年后的今天，再次阅读诗集《渐慢渐深的山楂树》，我想我是可以跳出那些牵绊，较为客观地看待这些作品的。

读过宗霆锋诗歌的人，都会被其中浓烈乃至暴烈的抒情性所冲击和震撼。的确，抒情诗在宗霆锋的诗歌创作中占有很大的比例，而且是那种以热烈、激情、超迈、深邃甚至神秘为特征，凝结着透彻认知的智性表达。但我们不能因此就将他置于"抒情诗人"的名下，毋宁说，抒情只是他创作的部分需求或诗歌的部分特质。事实上，他的整个写作要丰富和庞杂得多。他的抒情诗也经常无可例外地以"我"来发言或陈述，但这个作为抒情主体、诗歌主体的"我"，却并不必然地等同于作者本人。其诗的"去个人化"特征是明显的。因此，我们不会指望通过文本对他本人和他的生活状态有所了解，更不用说对私人领域的触及和打探（他写给祖母和故乡的那几首诗，是少数例外）。

或许可以这么说：只有最大限度地剥离个人经验的现实负累，排除个我的偶然性，才能给予现代抒情诗更大的言说自由和呈示空间。如果说，《你曾经历何等的生活》《年迈的你也依然花开满枝》《自古以来的争战之地是我出生的地方》这几首，还有些"个人化"的特征，那么《金葵花焚烧的土地》《乌鸦在 1997 年冬天的叫声》《我如今已成长为难以悔改的错误》等，已经排除了那种个人和现实因素的羁绊，在更高层面上塑造诗歌形象了。其他大量的抒情诗，宗霆锋则为我们呈现了生命全体而非生命个体的存在状态和处境。《突如其来的孔雀的叫喊》《你是闪电是愤怒的光》《我的红色山楂树》《大雨中嘶鸣的红玫瑰呵我的红鬃烈马》《绿色火焰翻卷的葡萄园我要说出》等等，这些诗在语言的精确、凝练，情感的饱满、热烈，诗境的幽深、开阔等方面，都堪称经典。诗人源源不断的语言再生能力、陌生化的特异感知状态，以及对生命和世界的深度认知，在此类作品中有着淋漓尽致的展示。每一首诗在节奏、韵律、语感、语调等方面或许有所不同，但其中的核心意象，都被提升到本体论和理念的层次。诸如玫瑰、葡萄园、山楂树、孔雀、苹果树之鱼……这些意象，或者说诗歌形象，有着多重化身和无限的诗意变形。于是，在抒情的语场和激烈碰撞的语言洪流中，宗霆锋为我们示现了"世界的血"，启开了"万物的骨头"。

在这些作品中，不仅充溢着生命燃烧的激情和热力，甚至燃烧后的余烬，我们还能倾听到一种沉雄抑或高亢的神性音调。像《一个无限的人迎面而来并不陌生》及其"变奏"，便是诗人将哲学认知和宗教精神外化为诗的表现，并使得此类作品成为"物我相应的交响曲"，在抒情的浓度、烈度以及诗歌空间的深广度等方面，都达到了某种极限。当诗人以洪亮如青铜的声音开口"说出"，这"说出"已是对事物的命名、是诗意的创造，其庄严神圣一如上帝创世、一如上帝创世般地"无中生有"。于是，虚构造就实在，语言成了现实。

作为一种言说方式以及相应的修辞策略，抒情和叙述（叙事）在宗霆锋的写作中同样醒目。组诗《红色叙事》《袖珍迷宫》《战史·名刀传》《写给无双的三首》《寻找无双，或永不寄达的情书》，以及短诗《2046 的故事》《嘎子在 1976 年》《剑客孤独》《禅师和月亮》等作品，都可看作叙述（叙事）性的文本。当然其他更多作品，抒情和叙述（叙事）是交织在一起的，很难剥离开来，像《醒来》及其变奏《我必须让心说话》等。

在这些排除了抒情，以叙述语调呈现物象、人物和事件的文本中，诗意或诗性又是如何生成的呢？《2046 的故事》中，"2046"开始是一部电影，接着成了一个咖啡屋的名字，后来又变为约会的时间。随着叙述的推进，后面的叙述不断推翻和否定前面的，一层层堆叠，构成和丰富着诗歌的血肉组织。在这首诗里，人物、事件这些小说要素成为主体，诗人不仅在叙事，还在虚构；但出人意料的推理和谜一样的人物关系，产生了令人惊奇、诧异的心理反应。这当然也是一种艺术效果，因戏剧性而形成的一种特别的诗意。在《剑客孤独》《禅师和月亮》这样充满古意的诗章中，是虚构或臆想推动着诗意的叙述。令人惊奇的是，诗歌所呈现的画面和情境，往往能够脱离文本来到当下——诗人的叙述语境中："店内没有剑客/一个泼墨大写意的书生/醉伏桌上/梦见了这首诗/及其作者""……都在这首诗里面/只在/这首诗里面/诗之外一无所有"。

　　散章体的《暗夜诗章》，呈现为适度的散文化。有着日记宣叙性质的表达，以及琐碎的日常生活细节，被隐喻性、象征性的意象或词句所统摄和覆盖，让诗在游离中拓宽着自己的边界。而大型组诗《后村喜剧》，几乎可以称作叙事性的文本了。相对于那些高蹈的抒情，这组诗无疑是形而下的，且不避杂乱污秽，叙事性和写实性是其突出的特征。但诗人在语言上的变构，在叙述语调上的调控，让叙事也能归附于诗，并以诗的名义展现其丰富和驳杂。《后村喜剧》无疑是日常的、当下的、琐碎的，但又有着令诸多"日常写作"相形见绌的开阔和精神维度。长诗《灯神》也被称作大型剧场诗。关于这首诗的语言构成、表现方式、结构以及主题，笔者和诗人做过一次诗学访谈，他有较为详尽的论述。就这部长诗，笔者也曾在一篇短文中做过尝试性的解读。在此，需要提及的是其在表现方式上，混合诗歌、散文、戏剧、小说以及图像等多种文学、艺术形式，杂陈并置从而达到异质混成的效果。借用诗人自己的命名，其即"复合文体写作"。当然，这样的写作是对诗人综合能力的严峻考验。

　　而宗霆锋另一个被称作"诗性读本"的《梦幻卢舍那》，显然与抒情、叙事以及戏剧性无涉，甚至连诗歌的标志性特征——诗意，也被无情地剥离了。它既被称作诗性的，自然与诗脱不了干系。这是一组有关智识和认知性的作品，突出了事物的本己状态、存在的真相，不大在意诗之为诗的氛围或情调。这样的写作，凸显了认知的赤裸以及真理性的风骨，无疑是对诗歌边界的拓宽和延展。

　　毫无疑问，宗霆锋是一位具有史诗情结的诗人，史诗性质的言说令他的诗域和文本构成趋向宏大与多维。长诗《吉祥村寓言》有着浓厚的"荒原意识"和"家族叙事"特征，以隐喻性和象征性深化了文本空间。组诗《青铜传说》里的意象愈加繁密，隐喻和象征性也进一步加强，神话传说、历史文化元素的大量融入，使得文本的史诗品质愈加显著。而组诗《朱砂记》和《巫之书》，作为诗人的早期文本，也已出示了颇多原生性的诗歌意象（形象），并以非凡的创造力探索生命（死亡）所能抵达的深远之境。同时，宗霆锋还大胆突破审美禁区、拓展美学疆界，将"晦暗""恐怖""丑恶"等诸多现代元素融入自己的创作，形成一种杂糅并置、众声喧哗、极具包容性的诗歌空间。比如《加州老鼠》《血红玛丽》《愤怒阿修罗》等作品，就体现出鲜明的暗黑风格和"恶性"审美特征。

由此，宗霆锋诗歌的结构性和整体性凸显出来。这种结构性，一方面表现为文本内部构造的精妙合理（比如长诗《吉祥村寓言》《灯神》、组诗《青铜传说》《后村喜剧》的结构），另一方面体现在诗歌主题的连绵和浑整。这样的写作，犹如一棵枝叶繁茂的大树，每一根枝条都指向不同的方位，都有进一步拓展的空间和可能性。纷披的枝条彼此交叠和缠绕，形成一个统一体。整体性的表达，是针对生命和世界的整体性存在而言的，那是一种"兼容并蓄、层次丰富的'卢舍那诗学'——一种采取'全角度'写作的广域诗学理念"。因此，宗霆锋的诗学往往超出文学界限："我以诗学、哲学、宗教或神学的三位一体来构建我的诗学。"

透过这些长于造型（色彩感、画面感、雕塑感）又不乏音乐性的语言组织，以及纵横交错、繁密博大的文本脉络，我们感知或捕捉到一种诗性（神性）的光明。那是一种纯粹的精神性，犹如掩抑的灯盏，通过语言的介质（肉体）被表达、被召唤出来。这在宗霆锋的大部分文本中都有体现。纵如《灯神》中"卡通化""非人化"的特征或倾向，也是精神性匮乏的时代表征。其中火的意象以及那道火焰之门，出自精神虚构，却无可置疑地成为文本现实。再如《后村喜剧》对当下生存现场的描述，也因精神性的引领和提升而表现不俗、自成高格。

"歌唱"是宗霆锋诗歌中的一个音型（叙说是另外一种），而炽热的歌唱也难免趋向它的对立面——沉默。这是歌手的状态、灵魂的本己特征，也是万物深藏于密的真相。那么，濒临沉默、言说沉默，使得写作滑向更为晦暗和孤绝的境地。在短诗《请允许一棵树放弃它的事业》中，诗人如此说道："请允许这棵站在深秋的树/放弃它的事业，放弃哗啦啦的歌唱……然后请允许它不被称作真理/允许它日渐无名谦逊地沉默。"如今，宗霆锋的写作停在了沉默一侧，那是一种"置身于精神的悬崖边上写作/在这个临界点保持着危险的平衡"的状态。因为，沉默的那种异己性具有吞噬的力量。

长久地缄默，不排除诗人拥有一种"此心唯驻于光明"的安适和恬淡，但我们也祈愿他能够重新开口，一如从前地说："如今我开口说出：我赞美！"

## 胡香：哀歌与礼赞

知道胡香，源自诗人尚飞鹏 2000 年评述陕西诗人的长篇论文。写胡香的那部分，内容已经淡忘，但小标题"一个无法解读的胡香"却记忆犹新。随后，有了博客，才有了真正阅读胡香的机会。作为 1960 年代生人，胡香上中学时就开始发表作品，此后陆续有诗歌、散文、小说等见于《诗刊》《中国文学》《延河》《美文》等刊物，入选《陕西女作家作品选》《陕西文学六十年作品选》，出版诗集《摇不响手上的小铜铃》。而如今，对于健忘的诗坛，甚至陕西的文学圈子，胡香的名字仍然是陌生的，知者寥寥。

这么多年来，胡香一直游走于诗歌圈子之外，就是在朋友们并不频繁的交流互动中，她也时而"在线"，时而"失联"。没有人知道她究竟在做什么，她的生活和写作状况，更不用说内心深处的想法。胡香真的就像一个谜，"无法解读"的谜。其实，我们不用过多猜测，通过作品就能对她的生活或心理状态有所洞察。因为，诗歌本身就是一种披露，尤其是胡香这种从生命和灵魂深处发出的歌音。

"阅读胡香，就是阅读命运。"

当这个句子从脑海蓦然闪现，我自己都有几分错愕——命运深广莫测，胡香其人其诗何以等同命运本身？这话如若成立，我自己也需要一番深究——很可能触及"诗与生命同构"这样的话题及事实。胡香到底经历了哪些苦厄与痛楚、煎熬和挣扎，才让她不断地放低自己，甚至否弃自己，才写出"贴近额前的烧红的烙铁"、写出《地狱里的歌吟》？

但就在这时，另一位女诗人的诗句，在我的耳旁萦回，"悲伤禁止询问"！

是的，阅读不是窥探，也非揭秘，而是满怀敬意的寻访，或者并不对等的对话与交流。如果谈到指认，那也是审慎和有所保留的。在浮华动荡的潮流底下，那沉静乃至沉寂的深处，真诗人存在着，甚至缄默着。长久的缄默让诗，真正的诗，从幽暗无名处蓦然显现。胡香无疑就是这样一位诗人，潮流之外的写作者。她的坚持、存在状态，以及卓尔不群的艺术个性和气质，给我带来很多启示。我相信，在现实世界，诗不仅以非诗性的因素传播，更以自身纯粹的方式而存在。就像胡香的诗，至今依然躺在博客寥寥几个页面，在虚拟的空间里独自言语——那长久未曾打理而几乎蒙尘，却闪闪发光的分行！

然而，灵魂深处的歌声，绝非炫人耳目的复调与花腔，它往往是自我的、寂寞的，甚至就埋在歌者哑默的舌根。胡香自己也说："我在浓冬里写着无人阅读的诗歌/只是为了将诗献给诗本身/一种纯粹的感性的宗教/一种向生命和审美献礼的仪式"。

组诗《冬天》《梦境》《事物》等，是目前能够见到的胡香最早的作品，收入小辑《梦境谁能住》（2005—2007）。然而，这样一种"开端"，展现给我们的却是成熟诗人的状态：言说（语言）时而简隽时而放任，情感真挚而有力度，带着慧思的洞察赋予事物（诗歌）一种深度。比如她写《崖畔菊》，"将这灿烂如同纯金的生命/变成探测深渊的手臂"；写《凤尾鱼》，"宁做凤尾/直至天堂失火/翅骨粉碎/用沉默止痛/潜入深水/变成永不说话的异类"。而在《醒来》中，她的表达如此决绝，"迎着剑尖　张开眼皮/向死里去索命"。小长诗《震动》，在惊悚的场景和血的现实中，写出一代人精神求索的历程；孤句"但却并不到此为止"的反复出现，加深了那种状态的幅度和强度。《一枚看不见救不起的羽毛它想说什么》，展示了细节的力量，以及细微之处语言和内心状态合一的力度："然而，太细太细太细了。/这细如布满倒刺的钢丝锯条一样的丝弦。/我已握得太久。/手心里有了/不断切碎的火焰/反复断裂的冰碴/和蛇信子不断幽蓝的光芒。"这些"早期"诗作，无论在语言形态、情感基调或题材框架等方面，都成为胡香诗歌的"储备"或"原型"，并烙上了鲜明的个人印记。

2008年的诗作，被诗人命名为《沦陷于细节或迷于绿》，精粹的作品多了起来，像《普赛克》《银狼王》《转身》《一如既往》《旷野无门》《时间的鞭痕》等。在这里，我想说说其他几首。《羽林郎》融合东西方文化元素，讲述了一个童话般的故事，涉及女性命运以及那古老的哀愁。而且，这种叙事性风格在胡香的所有表达中，也并不多见。《香》是一首容易被忽略的诗，只有细细品读，才能感受到词语运用的精妙、诗意的深厚和绵长。这首诗很可能始于自我比拟，但本质上是不折不扣的"生命之诗"。"神龛已空/它独自燃烧"，也与信仰有关，但这信仰之路已是被离弃的道路。《一只鹿被细节埋葬》也是凸显了细节，并由词语的联想和暗示推进叙述。这是一首带有悲剧意味的"命运之诗"，连诗人都禁不住这样发问："天使在哪里呢/请你说话/不要让这样的事情发生/就像什么事都没有发生过一样。"《夏甲，迷于旷野的夏甲　天使安慰你》，取材于圣经故事，其魅力不限于抒情的朴素真挚及谣曲风格，还因较强的代入感而具有了某种戏剧性。

对于胡香来说，无论调动基督教文化、佛教文化抑或古希腊文化元素，最终都是为了进行生命意义上的表达。而且，这样一种诗歌运作方式，不仅增加了作品的厚度和广度，甚或带来终极意义上的启明。

《生者与死者同在的大地》，是胡香2009年的创作，这样的命名已经为我们呈示了一个开阔多维的存在场域。这一年，胡香的写作进入喷发期，愈加精粹的作品不断涌现，像《我愿如方济格一样，问候我的命运》《美是困难的》《塞壬在歌唱》

《我在清晨朗读忍辱波罗蜜》《我梦中的火狐尚未到来》等。而且，在她众声奏鸣的诗歌音调中，一种低沉却有力的"音型"凸显出来：悲怆之音。诗人带着自己易碎而又柔韧的心，深入命运的荒寒、孤绝之境，感知、发现和体悟，感人至深地歌吟。她说"我的废墟已经到来/我的死神也已上路"，她向万能的神发出祈祷，"请你救拔每一颗孱弱凄冷的心/把光明和希望给她/让她聆听这大地上万物生长的妙音/让她坚韧，渡过每一条心怀叵测的暗沟与坎坷/让她平安地抵达死亡与永生之门/不再沿原路返回"。胡香无畏地凝视深渊，因为她已是深渊的一部分。但长久的沉溺并未导致沉沦，她向着心中的"蓝色高地"超拔和跃升，又从隐忍悲痛中淬炼出达观和智慧，"精神的流浪儿和他孤独无告的灵魂/既不冲突也不和解/他们门里门外两相为邻"。

如此沉痛却富有洞察力的表达，一直延续到 2010 年的《地狱里的歌吟》时，甚至有加剧的倾向。这一年，胡香写了 77 首诗，是她最为优质高产的一年。毫无疑问，这里的"地狱"是一种存在境遇，也即那种"深渊"。面对这样一种状态，我们却不必过于悲观，因为这"黑夜时间"，也必然是"救赎的时刻"。诗人看见"道路与歧途一并展开"，于是祈求"让我在一缕微光里/身处地狱而能仰望天堂"。那只有在绝望的灰烬中才能生发的热情出现了，那是感恩和礼赞的声音："死亡与新生如此毗邻/永恒的歌赞属于两者""赞颂是神的事业/我只是在这早春的祷词里/响应着神的召唤"。这"地狱"般的处境既是形而下的，又是形而上的，深刻的洞察出现在对"通灵的孩子"兰波的抒写中："彩虹依旧会将每一个越境的孩子罚入地狱/那幸福与灾难/那永夜与极光　同时降临的时辰/人类的孩子/怎堪承受那巨大的被禁绝的秘密。"

于是我们得以倾听，那从低沉却有力的"悲怆之音"中生发的"神性音型"：在不堪和无望的境遇，向至高者发出的祈祷、渴慕、歌赞，以及对话和沟通的努力。这是对自我生命的净化和提升，也是对人生的悲剧性命运的消解或转化。

《时间之书》《沙之书》《灌木丛的风》《向风而歌》，分别是胡香在此后几年的作品集录，"悲怆"和"神性"的音型依然延续着。这些诗，在话语组织、言说方式和观照对象等方面或许有别，但诗歌主题仍可归结为：对生命的至深理解，对存在之谜的不断叩问和探索，以及对信仰之路的艰难呈现。诗人自我审视的同时，也把目光投向外物，拥有"把石头也看碎了"的心力和眼力。在这直达本质的"观看"中，自我和事物已经交织混同，成为一种精神事物或语言的现实。诗人一边发出悲切更具悲悯的声音："放过她吧！不要再追问/存在的意义。/……看在/所有青草的分上，不要/记恨任何人，不要贬损任何事物"，一边"学习对不可知的事物保持沉默"。一粒琥珀在她看来，"好时光一过/你像从未开过口一样/保持着你无人能够进入的美/从死亡中永生/在永生里不能复活"。但面对王尔德（包括荷尔德林、布莱克、梵高、夏加尔、兰波、海子等同一精神血型的诗人、艺术家）及其命运，诗人带着深深的理解和认同，"艺术的灵魂找到一具悲怆的躯体"。这类追慕、致敬之作，在某种程度上，仍是一种自我的观照和表达。

胡香的诗，让我们深切感受到，那不仅是情感的抒发、生命的对话，更是一种精神洗礼。她没有过多地呈现诗歌的社会性主题——为公众及主流文化所认同的那种现实关联、对现实的摹写或反映，而是倾向于生命和灵魂的热切吁求、诗歌的精神性传达。胡香从生命内部、灵魂深处打开自己，无论哀歌与祈祷、感恩与礼赞，都"倾向于美"，倾向源始，努力说出万物隐藏的奥秘，并努力寻求与更高生命层阶沟通、对话的可能。这样，她的诗在芜杂繁乱的诗歌现场，就规避了哗众效应，却深入了生命和诗歌的根柢。

在胡香并不很长，也只有十多年的诗歌呈现中，竟出现了三年空当（2015、2016、2017）。这三年，诗人的写作因故停滞，抑或仅是作品未曾拿出展示？我们不得而知。但从2018年，她又开始发声，断断续续在博客上贴出新诗，还有随笔作品。正如她所说的："与世隔绝是不可能的。但正是多年来不断的离群索居和自我边缘化的生活，让我深知人无法从自我剔除其社会属性。"这样的认知，与她诗歌表达中"身处地狱而能仰望天堂"的道理如出一辙。或许我们只有在某种极端处境，在事物及其对立面的长久对决中，方能更加深入和客观地对待事物，包括生命、世界以及写作本身。

我们相信"从那幻象之城已经回来"的诗人，也由衷祝福"走过地狱并窥见真理"的诗人！

## 宋义军："自然主义者"的诗生活

有些时候，我们读诗就是读诗，即便涉及微妙或隐秘的情感，也不觉得非要"向作者求援"。但另一些时候，我们了解作者，熟悉他的生活状态，对更深地理解作品，包括题材取向、主题的呈现和深化等方面的特征，无疑是有好处的。十多年前有朋友向我推荐，说咱们铜川有一位"奇人"，诗写得好，还练拳脚，喜欢养狗，等等……总之，是一个神秘人物。有了时间，我便怀着忐忑不安的心情前去拜访。那是在一个厂区家属院背后的山坡上，一座自建的二层小楼前，一个蓄着短髭，留着霍元甲发式的男人，笑吟吟地走下来招呼我。他按住扑叫的狼狗，将我让进家里——房间陈设简朴，却让人充满好奇：书架上是各个年代的书，更多的书一摞摞堆放着，瓶瓶罐罐，各类旧物儿，从山上采来的树根木棍……这一切，似乎蒙尘，却为我打开了一个新奇的世界。

此后，我便经常来这里闲坐。在这个充满书香和山野气息的房间，我们聊家事、聊社会上的事，信马由缰。由此，我知道了宋义军酷爱读书，曾频繁往返于铜川和西安、花掉工资的大半去购书的情景。更让我好奇的是，他天生力气大，健身方式独特，年轻时能背动七八百斤的重物。1980 年代，省运会上他破过 75 公斤举重纪录，取得过摔跤第二名的成绩。最终，我们的话题落在诗歌上，中国古代的、西方现代的，他记忆力极好，能滔滔不绝地引述出来。他目前的生活状态，在我看来是值得羡慕的。他很早就辞去工作，自主谋生。当然，生存的艰辛分摊在每个人身上，只有程度的不同而已。

以前我说过，宋义军是"梭罗式"的诗人。其实并不准确。梭罗居住在瓦尔登湖畔两年多时间，尽管也自食其力，循着自己的天性过简朴的生活，但那是在一种超验主义哲学观的指导下进行的有意选择。而宋义军的思想中没有这些条条框框，他只是被自己的性格牵引，自然而然地过上了这样的生活。他看似选择了，其实也没有选择，"命运"这个词或许是恰当的解释。当然，他也不同于中国古代的隐者，在精神血缘上更加不是，毕竟他是一个现代人。若说对于自然、生命和自由的理解，宋义军当然更接近梭罗。他不排斥现代文明，不排斥社会上的人际关系和圈子，只是有意或无意地保持着距离。他最惬意的事，就是骑一辆摩托，径直向北，到一百多里外的山中去。那里有他熟悉的自然的奥秘，令他每一个毛孔都舒展熨帖的山风和鸟鸣。

到了山里，他如鱼得水，翻山越岭，穿梭在绿色的荆棘丛中。方圆几十里的山地，犹如自家的后花园，哪条沟里、哪面坡上长什么东西，有什么稀罕玩意，他都清楚。一天下来，他也许采了药，党参、桑黄，或锅盖大的树舌；也许挑了野菜，榆钱、荠菜、水芹、木耳、蘑菇等。追寻自然的脚步，摘桑葚、杏、李子、柿子，用来酿酒或酿醋。有时也背回一兜山核桃，清理干净，送与朋友们赏玩。山里的事情，那些有关动物植物的知识，或许只有他清楚，只有他数十年来始终保持着热情。一个人来往惯了，他安于质朴而散淡的生活，但大脑一刻也不停地运转。他的大部分诗作，就是从这些自然事物中得来的——通过敏锐的观察、深入的思考，发现和熔铸诗意。

宋义军不是浪漫主义者、超验主义者，更不是"唯灵论"者。他诗歌中的自然，并非虚化、幻化、神秘化的自然，而是自然本身。从这一点上我们毋宁说，他就是一个自然主义者。他写山中所见的"灰烬""根""藤""核桃""大树""树上的伤疤"，写"乌鸦""蝉""白蜘蛛""百足虫""蚂蚁""鹰"，也写"陷阱""石头下的根茎""树梢上的天空""落叶上的白鸟"，等等。这些诗切入和展开的路径不尽相同，但都是由具体的物象触发，在不扭曲或变形的前提下深度开掘。比如"那蝉蜕：鼓圆空洞的眼睛/紧紧抓住那日渐枯黄的草/辨认那背弃了诺言/去四处高歌的翅膀"（《蝉蜕》）；"巨大的树墩/像昔日的勋章/小树们/有如等着开饭的孩子/围在圆桌旁""看着这永远的小树/我一阵心酸迷惘/它们栋梁的前程/竟沦丧于栋梁的基础"（《无题》）；"你活着——它缠着你/你死了——它缠着你/它夭矫蓊勃的枝蔓/又使死了的仿佛活着"（《藤》）。这些诗，语言生动传神，状物的同时展开一个令人寻思和回味的空间。

再如写树上的伤疤："它们狰狞地盘在树上/崎岖扭结，状如蛇蝎/像戳记：展开痛苦的历程/岁月淤积，也未能把它们抚平""我穿过丛林，前面又是丛林/我怎样才能穿过丛林/不留下伤疤——也不带走伤疤"。这些诗由自然事物契入，一层层推进，最终回答的却是生命本身的问题。《石头》是宋义军的代表性作品，诗艺精湛，思考细微精深。"翻开一块布满绿苔的石头/石头下面盘绕着苍白的根茎/它们蛇一样扭结、纠缠/仿佛它们对自己也充满仇恨""……它们是在石头下面咆哮/它们既做着生命最大的努力/又承受着生活最残酷的重压/多少生命：就是这样消耗了激情""我现在偶尔搬开这块石头/我困惑是该把石头搬走，还是/把石头原样盖上？搬走的石头/放在哪里才不成为新的石头"。一块石头，石头下压着的植物，在独具慧眼的发现中，呈现出惊心动魄的诗意内容。在自然主义者的眼中，人和自然是平等对话、休戚与共的关系，人并不优于或高于自然。寻常的自然现象，也是人类的某种处境。那"难以言说的痛惜"，源自悲悯，更是一种情怀。

这样的诗歌取材和开掘方式，如果说在其他诗人那里也不成问题，只是宋义军更为熟稔罢了；那么《蝉》这样的作品，则真正体现了宋义军对生命现象的穷根问底以及对诗意表达的执迷。古人咏蝉，多将其作为高洁情操的象征；宋义军写蝉，是震惊于这奇特生命的蜕变历程。他通过长年累月的观察，掌握蝉的生命周期和习性，诗性的观照犹如一道光，投向幽暗的地穴。我们看到这最初坚定的修道者，却偏离了曾经的追求，以至于"那历经十数年枯寂修行的躯壳——/几十天的时光里就挥霍一空"。

宋义军乐此不疲地从山中"采诗"，也时刻留意身边事物，从寻常中发掘幽深的诗意。但这些事物都带有一种质朴、原始的性质，与喧嚣扰攘的城市生活保持着距离。比如他写《绳子》。"绳子一会儿盘起来/又不时地抖开/它窥伺着局势/辨别着机会//它一会儿柔弱无骨/围在你身边撒娇/一转眼又坚韧无比/勒进你的筋骨""一条条饱经沧桑的绳子/在望、闻、问、切的训导下/咝咝地吐着信子/恍如海蛇爬上月下的沙滩"。一段木头的裂纹，在他眼中幻化出一个奇异的空间，"一个善良不能支撑的空间/一个邪恶不能支撑的空间/一个真实不能支撑的空间/一个谎言不能支撑的空间"。最后，诗人发出整合的呼请，"我们就把它们熬成一锅粥吧/善良与邪恶媾和，真实向谎言微笑/也许有一天当我们抬起头/看！群星璀璨的夜空是多么深远"。

宋义军喜欢养狗，常年的饲喂，让他深谙这种动物的脾性。"渐渐到了惹是生非的年龄/动不动就闪出它的牙发出威胁""是该用链子拴一拴了"。当被拴久了，它"因为铁链又学会了许多本领""不用强迫也无须呵斥"，就能"双腿匍匐着把头伸进圈套"。我们由此看到许多诗外的现象。在对狗的观察中，诗人其实窥视着人性。老鼠、苍蝇、蚊子，是令人厌恶的，但也是我们生活里的"常客"。由于宋义军不持贬抑态度，以平等的视角观看这些生命，于是一种被忽略的甚至异乎的寻常的诗意呈现出来，"幕一旦拉开一切就要服从剧情/有时你的残忍不一定出自你的本性"（《蚊子》）；"直到这个房间里走进了人/这只沉默的苍蝇/突然爆发了它久蓄的激情"（《苍蝇》）；"它们：儿女成群地享受人间的烟火/我们的劳动更像是为它们创造/憎恨也许是我们无奈的恐惧/它那窥视的目光却更像是蔑视。"（《老鼠》）

《陷阱》是宋义军另一风格的代表，讲述了他在"一孔无人的窑洞里"，偶然发现缸中老鼠的皮毛，并由此展开思虑的过程。"缸黑洞洞的像一个幽深的陷阱/生活也曾在这里留下激情：我此刻/极力体会着置身局外的幸福/我们该怎样评说这历尽煎熬的生命"。在这里，对老鼠的嫌恶被深切的同情取代，察物和反观人类自身惊人地统一。在对另一些动物的描述中，宋义军深得"意象诗"的精髓，写得精警饱满、颇具神韵："坚硬的声音/竖在秋的旷野/风吹扁的夕阳/倚向更高的山峰"（《乌鸦》）；"在突然俯冲/前的一刹那/鹰一直是生活/悠闲的旁观者"（《鹰》）；"蛇分叉的信子，穿过岁月的/河流，在时光汹涌的波涛上/仿佛一柄黑色的鱼叉"（《蛇》）。就是写《伤疤》，也写得传神惊心，拓展出一个另度空间："血像挣出袋子的蛇""一场令人惊悸的暴雨/却突然停了——这闪亮的伤疤/仿佛雨后的一道彩虹/弥合了天与地激烈的争吵"。

通读宋义军断断续续记在博客上的自 1980 年代至今的诗作，会发现他诗歌取材和表达的方式是多样的，自然物象、社会生活细节，抒情、叙事甚至说理，构成了他写作的丰富性。山野和城市郊区，是他熟悉和独有的资源，他经年累月地进行语言的提炼和锻造，潜心探求诗歌的艺术。没有写作任务和发表欲望，闲暇时，他一两个月地琢磨，哪个字哪个词用得是否妥帖、恰当。宋义军写诗四十多年，1980 年代中后期已产生不少成熟文本。他的语言功力深厚，诗歌的智性风格和惊人的表达效果也引人注目。他的诗生活，在被物质、商业和娱乐所覆盖的社会空间，保持着一份旁观的热忱、理智的清醒。

或许，当我们在城市温软的陷阱中迷失，在现代化道路上愈走愈远，蓦然回首时有所醒悟：我们丧失的，也正是宋义军眼下拥有的——质朴的生活质地，不倦的精神求索。这也是他，一个身体力行的"自然主义者"的独特性和价值所在。

## 任高闻：生存与此在的诗意叙述

当我再次阅读这位老哥哥的诗集《断续》和《如风吹过》，这样的诗句让我感慨，更让我安心："多年以后，我已不在，你仍会/在这些词句间看见我眼神迷茫，同你说话。"这是预卜，也是诗意的必然，更是文字长久生命力的见证。然而，略感遗憾的是，这次阅读时间已过他周年的祭日。

老哥哥名叫任高闻，1960年代初生于陕西商洛。对于他的人生经历，我只是有所耳闻——教过书，打过工，下过海，好像每一样工作都干得出色。我们见过几面，喝酒、聊天、谈诗。对于他这个人，我所能想到的词就是：耿直、善良、热忱。我们在博客上一度频繁互访、留言，他对我的"海子""里尔克"气质（当然是他认为的），以及那种过于阴郁的东西很不赞同，对于我喜欢的诗人顾城更是义愤填膺。他直面生存和此在，而我往往耽于幻念或冥想，这是我们的区别。但他对我的关心和爱护是真诚的，令我感动。他所说的"对诗意的发现其实附着了年龄的印记"，我也是认同的——人生阅历不失为生命和写作的校正仪。

诗集《断续》，收录了任高闻20世纪80年代、90年代的部分诗歌。这些早期作品，视野开阔，现代意识浓郁，透着"少年老成"的深刻。其文本样式，在当时的写作环境及商洛诗歌圈子里，应该是有先锋性的。而且，一种重要的诗学特征——叙事性——已初露端倪。应该说，任高闻真正意义上的写作始于 2000 年初。之前的十多年时间，他中止了写作，但没有停止阅读（我们读他此后的作品，能真切地感受到），像文学、艺术、哲学等门类，当然还有人生这部大书。所以，他以"归来者"的身份重新执笔时，已变得更加成熟和稳健，拥有明确的写作方向、技术性的考虑以及丰裕的写作资源。

他写于 2004 年的《老枪》令人眼前一亮。细节描述和个人化的认知，不仅凸显了"物"，也挖掘出"物"自身潜藏的内涵。诗意的叙述或许也来自虚构："老枪既老/就不再是枪，它仅仅是我在这个/春天的下午反复书写的两个汉字。"另一首《2007 年 12 月 23 日夜，关于文森特·梵高》，显示了任高闻扎实的"素描"和"刻画"功力，他站在梵高命运以及时代之外，以冷静、克制的口吻叙说，却产生了刺痛和震撼人心的效果。自此以后，任高闻的诗以叙述、叙事为主要特征，夹带着少量抒情，精彩的篇什及诗句不断涌现。他在《桑德堡》中的描述，同样也适合他自己："你的诗行一会汪洋恣肆地长，一会随心所欲地短，/潇洒极了，像大草原上的长调。"

自此以后，任高闻坚定地走在自己的路上。这是一条倾向于生活细节的呈示、生存经验的揭示，有担当、有血性的写作路向。及物，凸显真实，甚至不惜以烦琐替代简洁。《一封信是怎样写成的》，就体现了烦冗的叙述以及抒情诗无法涵纳的内容。诗人开头不断掂量措辞的心理活动，并由此带出大量鲜活的生活细节和场景，颇具小说叙事的特征。读完全诗，我们会发现，书写生活竟也能如此精巧地构思。《在书店看到一张老照片》，以一帧静态的画面，展示了时代风云、人物命运的跌宕以及情感的幽微。《怎样给一位修鞋匠画像》，以文字为颜料，在虚拟的语调和场景中凸显人物的真实。这样的题材和写法属于典型的底层叙事，其粗粝直朴，犹如梵高名作《吃土豆的人》。《雪花飘飘》中的断句，繁密、跳跃，似乎贴近了诗人内心，但仍是极强的"客观性"自由的书写。

与这种纷繁密集的叙事交叉并行的，是一些简短隽永的"小品"。尤其在诗集《如风吹过》中大量出现，像《雨霖铃》《老姐》《一个消失的下午》《远雷》《猎人》《雪地上的空椅子》等等。有的具有叙事性特征，有的倾向于意象和抒情。总之，促成了一种表达上的层次和色调的丰富。《老姐》短短十数行，勾勒出的却是人物一生的命运。这显然是小说更擅长的题材领域，但在诗歌特有的叙述节奏和蒙太奇式的剪辑中，人生的各个阶段如此强烈地凸显出来。《雨霖铃》这一古典词牌，在任高闻笔下却是一幅现代场景："驼色低胸羊毛衫，苞谷糊汤，地软包子"，而"噩耗一般，门锁扭动的声音"，又让诗歌充满悬念。《远雷》和《雪地上的空椅子》，偏重自然物象，不乏意象诗的格调和神韵。

当然，更加绵密和风格多变的叙事也出现在这本诗集中。比如《写点》这首诗，本是日常生活的叙事，却并不显得单调和浅薄。其原因在于，诗人不仅对日常对话和生活情节进行了精心剪辑，还随处穿插着深度认知。同时，也充满调侃、反讽意味，家常话、俚语甚至流行词汇构成诗歌语言的主体。再比如《腊月，准备给外婆烧纸》："岁暮远人归。婆啊，我一年一度的功课/已在准备。"这首诗是抒情和叙事的交融，生活化、日常化赋予抒情更真更强的感染力。

读任高闻的诗，我们感受到他极具个人性的"叙事诗学"的魅力。他写自己的日常，写底层人的生活，没有丝毫的虚浮与矫情，真实、真诚、真挚得让人无法不信任。在题材选择上，他展现生活情态和幽微的人性，也直面其中惨烈的部分。《删除》和《手表的秒针铮铮走动》书写死亡，不是对死亡的玄思或冥想，而是呈现真实的死亡事件。这些突发事件（也算生活中的常态）的发生，揪心而逼真，让人不忍直视，感觉到语言的苍白和多余。在写法上，任高闻不断地推陈出新，甚至挑战自己，像《十分钟》《镇虎的五一节》《失恋歌曲》等，通篇以人物对话构成。这样的诗歌形式，也必然要求着与之恰切的语感、节奏、框架结构，以及适当的诗意浓度。阅读过后，我们仍觉得是诗，而非散文或小说，这证明了任高闻诗意转化叙事性因素的能力和功力。

但任高闻并没有就此止步，他还有更极端的实践。《深白色》是一首长诗，21节，300余行。其底本很可能是一部容量更大的叙事作品；但以诗歌的形式来呈现，是做了很多削减和省略的。我们知道，庞德的《诗章》和艾略特的《荒原》以晦涩著称，其中一个很大的原因，就是采用了"破碎性"的艺术手法，截断了语言的逻辑链条，要借助意识和思维的跳跃完成阅读。而《深白色》也有些类似，物象和事象的密度非常大，诗句的跳跃和诗境的转换也非常迅速，很难让人理出一条贯穿始终的叙事或情感线索。犹如一架抽掉过多木板的楼梯，给攀爬者设置了极大的障碍。这显然是诗人有意为之的结果，考验自己的语言技巧，也考验读者的智力和耐心。但这样的作品，"叙事性"的极端形式，也很有可能致使自己成为"语言孤岛"

或无人涉足的"撂荒地"。短诗《秋日漫长》和《对称》等，也属于这种类型。

在任高闻诗歌的修辞及内涵以外，他对生活和写作的态度也构成了一种魅力。"骨头挺拔，绝不搔首弄姿，巴结生活。"（《不巴结生活》）事实上，他对生活和写作是有深入思考的，并由此延伸，产生了对形而上事物的不信任，"没错，活着就是活着的意义/活人的智慧不在于到达什么彼岸/而在于躲开周围的险滩"（《柳长命》）。"最好，我们说些有趣的事，说粗话/但是不要说馊鸡汤味道的格言和道理"（《我想和你说说话》）。我猜想，可能太过投入地注目生存与此在，任高闻本能地排斥诸如理想、梦幻、直觉、抒情、隐喻、彼岸、上帝这样的概念或范畴。正像他在《此身》中写的："此身是此身的断桥，/此身之外再无房舍。//神啊，请离开/让此身/打柴/汲水/生火/做饭/歇着。"

我也猜想，不管以任何名义贬损人生的此在价值和意义，他都不会认同。

任高闻的博客停留在 2018 年 11 月 15 日，《完成》（五首）或许就是他的绝笔。此后，他经历了二十多次放疗，全力抗争病魔。"我不曾辜负过程，/我歌唱优美的完成。""雨落在脸上，像卑微的洗礼，/像清凉的觉悟，像意料之中的/一个消息。"这些诗句记录下他最后的心情和感知，不见浓厚的悲哀，只有清澈的觉悟。他在一首诗里说："户外折叠桌上一本/《新约》一直没有打开。"但在另一首诗里又说："高高的天空/垂下柔软的悬梯。"这是否也说明他思想中的一点矛盾呢？或者说是不信中的某些期盼？

岁月如风，生命如风，那风过后能留下些什么呢？

我又想起《雨中桂花》中的告白：“多年以后，我已不在，你仍会看见/我在这些词句的枝叶间同你说着桂花。”斯人已去，但他的诗（尽管目前仍默默无闻），注定还要经历更漫长的旅程。

## 张翼：存在之思与异质混成的结构性书写

在陕西“70后”诗人队列中，张翼是独特的存在。他投身诗歌的决绝以及20多年的潜心写作，令人钦敬；他整体性、结构性的书写方式，对于生命本质以及世界构成所进行的宏大而精微的体察与呈示，令人敬畏。他所操持的是一种非个人化的有难度的写作，或称“宏大叙事”，在精英意识和精神性表达普遍匮乏的今天，在日渐“日常化”“琐碎化”的“70后”写作者中，已难得一见。

张翼是宝鸡人，学的是医学专业，当过外科大夫，后进入医药公司从事医疗器械的营销（据说，他在1990年代赚到一大笔钱，为此后的写作提供了物质保障）。我至今疑惑，究竟是怎样一种力量的牵引，让他重回父母工作、生活过的地方——一个叫“柞水”的小县城，专心从事文学创作？这是拿一生来作赌注，在生活的实在和文学（理想）的虚在之间进行的抉择。显然，他有宏阔的文学理想，并对自己的文学才能足够自信。他至今仍孤身一人，在秦岭山中缓慢的日月光影下，延展和淬炼自己的思想，打磨并完善自己的诗艺。

张翼的文本从外部形态看，综合了诗歌、散文、小说、戏剧等诸多文体元素，他所进行的是一种混合文体或者说跨文体的写作。但这并非简单的文体试验，而是为了完成整体性、结构性书写对文本形式的有效选择。张翼没有沿袭这个时代主流的、大众化的写作路径，甚至对于诗歌的社会性主题也绝少触及，他关注的是生命、灵魂以及世界的本质性命题，他所营造的是一部融合诗学、哲学与宗教精神的恢宏雄阔的精神史诗。其中的丰富乃至庞杂、陌生及新异，以我现有的观念来把握，仍有些力不从心。

然而，有限的解读也并非不可能。陌生化的语言、陌生化的表述方式，对潜意识的深度挖掘，宏大的诗学体系，这些都足以显示张翼的卓越。他在自己确立的诗歌框架内写作，糅合多种诗歌元素，甚至以非诗的方式进行书写，其独特性显而易见。他的短诗数量不是很多，但篇篇奇异，从形式到内容也绝少雷同。比如《暮》《秋之恶》《火葬场》等，明显异于同类题材的写作，骇人的诗境营造出深度的真实。《表现嚎哭》《狂暴山》《致一位女士的原始心灵》等，潜入意识的深层，带有浓厚的超现实主义色彩。"她已沦为物质并与万物共时"的《水中的生》，没有波德莱尔的《腐尸》触目惊心，却有异曲同工之妙。《雪》《黑色的情欲》《诅咒》等，撷取宗教元素进行表达，丰富和充实了诗歌的内质。从这些不乏抒情色彩的短章中，我们不难发现，张翼的写作所具有的非个人化特征，以及那种不可化约、无法通俗的现代性。

从篇幅上看，《献给月亮女神的颂歌》《颂歌》等，算是小长诗，也是张翼写得更为紧凑和精粹的作品。醒目、纷繁的意象营构了一个开阔多维的诗歌空间，存在之思在其中醒悟着、推演着、自证着，此起彼伏。

张翼的长诗主要有《蓝色回忆录》《航海日志》《疯女人》

等。《蓝色回忆录》犹如一部异族史诗,场景宏大,若隐若现的叙事线索将我们领上一条奇幻骇异的旅程。"为了躲避人类的罪恶我遁入大海、逃进沙漠/混迹于逃犯、黑人、阿拉伯人、奴隶贩子/和军火走私者的团伙。"这让人想起兰波,或如兰波一样的精神浪子。长诗结尾处,"而我要重新启航了/去寻找生命和威胁生命的偶然性/自我和热爱自我的恐惧感",则提示我们,这仍是一个寻找的主题。但诗人动用了更多的场景和道具、意象和细节,也带给我们更为复杂的阅读体验。《航海日志》同样将诗歌的舞台搭建在大海上。有所不同的是,这首诗存在叙事性,却没有一条叙事线索,破碎性手法和拼贴技艺在其中有更多的应用。这是一个怎样的大海呢?这些诗句或有助于我们理解:"胆汁般苦绿的大海""翻涌着痛苦和欲望之水的海呀""奔突于死亡和永恒之间"。长诗尽管也出现了镜子、大海、父亲、神灵、雕像等颇具隐喻性的核心意象,我们还是能透过文本编织的网络对诗歌题旨有所洞见:对存在以及生存体验的书写。《疯女人》以"友人"和"诗人"对答的形式结构文本,对于诗人——"那些不可言说的事物的歌者",以及写作——"瞳孔浸沉在那些死去的事物里/为那些不可见的事物歌唱",进行了充满诗意的解答。在此,"为爱而疯的"疯女人,不仅是书写对象,还与诗人进入写作的状态达成某种同构关系。

散文诗体的《恐惧与焦虑》,洋洋数万言,仿佛一个个黑色旋涡,吞噬着读者的思维和意识;又仿佛苍苍莽莽的原始丛林,让进入者恐惧和迷失。那种原型意义上怪诞的事物和形象,漂浮的无意识幻象,具有生理学特征的描绘以及理性思辨的意识之光,在其中纠结扭斗,令人惊叹、惊诧又疑窦丛生。这无疑是一个充满诗性的混合文本,也是一个奇特的具有吸附性的语言黑洞。或许，困扰诗人的有关存在的问题如此之多，如此急迫，诗人的调度才如此异质而庞杂。《孤独与时间》和《秋——金与红的狂想》，是史诗《存在论》中的片段，其诗歌形式的自由不羁、意象群的冲击力度、语义的辐射强度，无不令人击节赞叹。

在诗体上求新求变，在表现方式上力求综合（与主题的深刻以及多元协调一致），使得张翼的写作呈现一种大的气象和格局。诗歌戏剧化的典型文本便是诗剧，张翼在这方面也颇多实践，像《青春》《悲观的享乐主义者》《父与子》等。《看太阳的人》繁茂驳杂、奇幻深奥，文学审美与哲学思辨相得益彰。它显然不是一个生活剧，但它在生活剧的框架内，出人意料却又合理地插入一个个魔幻场景和理性思辨的桥段，展现了主人公精神求索的历程。"看太阳的人"究竟是什么样的人？主人公乌浪如是说："他们的智慧来自天上，来自光体，他们的头脑被天上的力量吸引着，因而不自觉地总是要抬起头来观看太阳。"而与此相应的，是剧中另一人物珊瑚的诘问："可是，当你那么长时间地盯着太阳，除了让你头晕眼花，更加看不清生活的道路以外，还能得到什么别的利益呢？"如此对立的，恰是一个亘古的话题，不限于价值观，亦是生与死、存在与虚无、理想与现实等诸种事物之间的对立和冲突。"看太阳的人"是一个存在者，存在之谜的探索者和澄清者，他的疯谵一如天启，他的死亡一如重生。

文本实践之外，对于诗学问题，张翼也是自觉地思考得深入而透彻。他写过很多具有专业水准的诗学论文，像《原型主义》《修辞学的转向》《语言与世界观》等。一个优秀的诗人，自然不会疏于理论的建构。比如他谈语言："是思维的工具，也是思维方法自身的反映。语言中某一语法功能的缺失对应着相应的思维判断意识的缺乏或模糊不清。"谈文本对翻译的抗拒："每一种语言文字就是一种特殊的思维模式，在由语言构成的每种世界图景里，意向和思维模式的不同使不同的语言间难以找到通过同一路径被构造的词语。"谈原型主义："是对一类事物之本质的图像式把握，是一种近乎本能的原始的图像式思维方式，它具有一种原始的包容性，从其中能向任何定性与特殊性分化。"这些本质性的论说，在彰显张翼诗学素养的同时，也和他的诗学实践相互激发和促进，走向开阔的境地，走向思之澄明。

这里，还须提到张翼另一个重要文本：《梦境》。关于这本书，他在总序中如此说道："2002年中的某一天，回想起一段时间以来自己所做的那些离奇古怪、充满神话色彩的梦，我突然意识到梦所具有的神话与现代文学价值，于是决定将其中那些最具艺术性的梦记录下来，以助益自己的文学创作。"为此，他拟定了任务和提纲，并对遇到的具体问题做了说明。这很可能是一本尚未完成的作品，但通过对一些梦境片段的阅读，深感这是一项充满风险却又意义非凡的工作：诗人深入无意识领域打捞和撷取，用精神分析学理论整理混乱无序的梦境材料，提炼其诗性和文学性价值。我也仿佛看到，诗人那些充满灵觉和幻视的诗歌形象的真正来源。

《存在论》是张翼着力完成的一部史诗，不断推倒又重建，仅书名就充满浓厚的哲学意味（以上提及的很多作品，可能都是这部书的片断）。这个曾经的外科医生，显然不缺逻辑和理性的禀赋，或者说他更擅长这样的思考。同时，他也不缺少丰赡精警的修辞，他将哲学、天文学、医学、神学等外缘语汇有机融合，将生与死、善与恶、纯洁与污秽、崇高与鄙下等对立的事物杂陈共置，织构出了一个异质混成而又极具辐射力的诗意空间。充斥文本的狂暴激情，当是精神能量的外化；而那种"暗黑"风格，也是深入灵魂的幽暗和世界的未知领域所呈现出来的色调。

# 结　语

陕西诗歌自新时期以来，由于回归诗歌本位，并在现代性的视界打量生存现实、重构历史话语，因而获致以往不曾有过的诗歌活力、审美多样性，以及思想和精神的辐射空间与力度。陕西诗歌（一如其他省份）这一区域性的诗歌命名，其构成也与海明威的"冰山理论"颇为相契。那些著名的或有较高知名度的诗人及文本，仅是冰山一角，更多诗人及其文本处于"隐匿"状态。这其中，也不乏有价值的写作和经典性文本。出于各不相同的原因（诗人的性格因素、社会资源或话语权的缺失、文本的超前性，等等），他们的写作成为这个时代的"隐性表达"。

笔者通过对七位陕西诗人的写作个人化解读，希望能勾勒出一个大致轮廓，供有兴趣的朋友作广泛、深入地阅读和探讨。之所以选取这七位，是基于笔者多年来对陕西诗人的关注和对他们作品的研读。当然，省内诗人众多，难免会有疏漏，也不排除判断上的偏差或失误。因此，这份诗人名单并非"铁板钉钉"，不同程度的增补也是必要的。比如女诗人小宛（范术婉），一位纯粹的诗人，"精神华贵/生活褴褛"，生前以及死后都寂寂无闻。她出版过两部诗集和一部散文集，而笔者所能读到的诗作，仅零散地见诸网络。因不能窥得其创作的整体风貌，未能予以专论，是为缺憾。此外，像孙谦、黑光、刘文阁以及更为年轻的史雷鸣、徐淳刚、张大林等人，相对于文本品质，他们作为诗人的名声显然小了很多。当然还有很多，他们的写作都不同程度地属于"隐性书写"的范畴。所以说，这仍是一个需要不断"发现"和补充的诗人名单，他们的写作构成了陕西诗歌隐而不彰、暗潮涌动的部分。而本文也只能是抛砖引玉之作，期望不断有评论家和诗人参与进来，让更多在时代浪潮中沉潜的写作者浮出水面，显露真容。

不得不说，在诗歌日益边缘化的今天（也可以说是回到应有的位置），诗歌圈子仍是喧哗躁动的，营销的套路和操作层出不穷。面对成功和名利问题，诗人们也未能免俗。所以，也就存在伪诗、劣诗满天飞，真诗、好诗却无人问津的现象。"劣币驱逐良币"，致使诗歌生态失去平衡。而我们此举或许并不能改变什么，我们的言说和指认也不能使他们的写作更好或更坏。但我们希望廓清和显豁陕西诗歌的真实面貌，让金子们都能成其所是，无所遮蔽地发出光来。

# 青铜之音与丝绸之魅
## ——陕西诗歌的历史文化书写

1980 年代初，以长诗《诺日朗》闻名的朦胧诗人杨炼，写下了取材于陕西的两组诗作《半坡组诗》和《大雁塔》。《半坡组诗》以非凡的想象力、饱满的生命和死亡意识，重构了历史、神话与现实。大雁塔作为一处著名的历史遗存，在杨炼诗中是一个思想者的形象、一种象征性存在，具有鲜明的时代精神烙印。数年之后，在西安任教的韩东写下了他的名作《有关大雁塔》。据说，韩东这首诗是对杨炼《大雁塔》中的"英雄主义"的诗意解构。如果真是这样，多说一句题外话：解构或消解，作为一种写作策略，也仅在自我文本的内部发生和进行。实际上它并不能真正拆解什么——大雁塔故我，杨炼的大雁塔依然那么挺立。

再向前追溯，1970 年代末，响应着昂扬鼓点和新时代的春风，古老的三秦大地从迷惘阵痛中苏醒。有一群年轻抑或不再年轻的人，开始以理性和反思的目光注视现实，翱翔心中的希望和梦想，或倾力打捞幽暗历史的回声。当然，这里是《诗经》的发源地、丝绸之路的起点、唐诗的故乡，生活在这里的陕西诗人既背负历史的荣光，又无法拒绝引领社会生活的新思潮的感召。1984 年，韩少功等人举起小说界"文化寻根"的大旗，这股文学思潮或多或少地波及陕西。陕西诗人近水楼台，便如获至宝地发掘和整理脚下这块土地的历史文化蕴藏，用于自己的诗歌表达，丰富自己的创作。

沙陵（1927—2018）于1940年代开始发表作品，文学生涯历时多半个世纪，经历了不同的历史时期。改革开放以后，他的诗歌生命焕发了新的生机，陆续出版《归鸟集》《非非集》《隐形独白》等多部著作。他发现和培养了很多1940、1950甚至1960年代出生的诗人，其中就有汉中诗人刁永泉和诗评家沈奇等。他和他的作品影响了好几代陕西诗人，是大家心目中诗人的楷模。"沙陵对朦胧诗派的代表性人物顾城，提携有加，并在《长安》杂志连续推荐其诗作，顾城来信称沙陵是他遇到的贵人之一。"（摘引诗人羊梦的《怀念沙陵先生点滴》一文）

叠西天梵文，垒

唐人佛经

矗立起浮屠，月白风清……


一炷香

缭绕禅映

木鱼声声，敲碎智慧的苍老，是无非

无；是空非空


霜飞，雁归

诵贝叶中，血滴清枫


——《雁塔禅景》


奔马蹄声，失

落于烟尘……

凋零的，葬于王者乐土

自此，可曾熄灭权势和情欲的烈焰？

空留

俑和俑的风范……

——《王者陵前》

　　沙陵的语言和意象显然经过了精心的锤炼，诗歌的断句和排行也时有出人意料之处，诵读多次，便觉出其中的好来。这样的诗有着浓厚的新古典主义风格——古雅的语言和意象，现代的思维和认知。同时我们也能感觉到，诗人除了注重炼词炼句，还在诗歌的节奏和韵律方面下足了功夫。

　　1980年代，陕西老中青三代诗人集体发力，以各自的文化视野和文本实践叩问古老而又生机勃发的大地。作家毛锜（1932—2020）的创作始于1950年代，他涉猎广泛，但诗歌的创作一直持续着。他的抒情诗《司马祠漫想》，洋洋洒洒，以炙热的情感、铿锵的音调、深沉的忧患意识，大胆地进行历史诘思和灵魂拷问。该诗获得中国作协1979年—1980年全国中青年诗人优秀新诗奖。这一时期，关雎、王德芳、子页、刁永泉等很多诗人，都以不尽相同的视角和书写风格涉猎历史文化题材。

　　西安诗人朱文杰，他的重要作品基本都发表于1980年代中后期。他曾在铜川工作十余年，铜川以及铜川以北的自然风物和历史遗迹，最先进入他的诗歌视野。从他最早出版的诗集《哭泉》到后来的《灵石》《梦石》，以至两卷本《朱文杰诗集》，历史文化题材或者说"文化诗"的占比达百分之八九十以上。也就是说，朱文杰的创作以历史文化为主要素材和资源，这在陕西诗人中是少有的。当时的诗坛朦胧诗人风头正劲，"第三代诗人"跃跃欲试，就是在身边也不乏岛子这样注重诗歌试验的先锋诗人。朱文杰尽管也从现代主义思潮中汲取养分，但秉持的仍是现实主义文学精神。如今30多年过去了，我们重读这些扎实厚重之作，依然真切地感受到它们所葆有的生命力。

当大部分诗人的诗域局限于生存现实的围篱，或沉溺于稍纵即逝的"当下"体验与感知，而朱文杰的诗歌探方早已稳健地置于周秦汉唐的文化沃土、历史隧道的悠远时空。一番辛勤的劳作，让逝去的事物带着新的面目重临时下生活现场。

水躲在陶罐里
和姑娘捉迷藏
鱼咬着尾
一条条潜逃时无痕无迹

月亮种一片温柔
孵化出地窝子
围沟阻止剑齿虎的狂嚎
化装舞会走入篝火
……

自动汲水的尖底瓶
装着童话，智慧溢不出
骨头磨成的鱼钩迟钝了

垂钓不上湿漉漉的爱情

……

浓重色彩装饰的夜
灵魂清纯而透明
无须四处去追赶
痛苦折磨着猎手

……

泪滴在火中
燃起的是一丝灰色的憧憬

——《半坡姑娘》

当人从树上攀下，从洞穴钻出
聚集　分离　繁衍　杀戮　征伐
又迁徙到倚山临水的岐地

原始的部落强悍了
铸那么大的铜鼎
煮一个什么样的世界呢

——《周原》

梨花飘散了

梨树上系一个冤魂
白绫三尺使她
化作一丛稀疏的枣林

……

女儿难呀
担得起千古罪名

——《马嵬坡》

石头是自然物，但人工的雕凿赋予它们生命和灵性。"崇拜石头/不会忘记人类是/握着石头站起的//一石击出/可以席卷九万里的蛮荒/石刀石斧/是猿人延长的手臂"（《灵石》）。人类文明的曙光，正是由石头开启的。石磬、石鼓是石，和氏璧、汉画像石也是石，赤壁和望夫石是竖起的巨大石壁，八阵图也是由垒石布出的奇阵。朱文杰的《灵石》系列，融历史、文化、自然、传说等诸多元素于一体，品类繁多，琳琅满目，俨然一座石文化的博物馆。长诗《梦石》由63首短诗联袂而成，宣示了诗人开阔的视野、深厚的文化积淀以及诗体构造能力。由灵石而至梦石，历史意象逐渐稀少，文化意象与生命意象进一步繁茂并融合，塑造了一个雄奇幻变的多维时空，以石之根脉连接、编织起中国文化的博大精深。

朱文杰的诗歌版图由关中辐射秦岭南北、三秦大地，并在寻幽访古的途中遍及祖国各地。同时，他的历史文化视野也未局限于神话传说、典籍史册以及文化遗存，而是进一步延伸到对民俗风情的观照，对自然山水、水墨丹青的灵悟和诗意想象中。很显然，历史文化书写在朱文杰这里是整体性的。也许只有当那些独异于心灵的外在之物，成为诗人内在生命的一部分、诗性人格的一部分，诗与史、诗与文化充分融合，大致才有这样的表现吧。

凭借《我是狼孩》（1980年刊《广州文艺》，《新华文摘》转载），在全国产生很大反响的宝鸡诗人商子秦，他的早期写作已在自觉地进行历史溯源和文化思考了。他1980年代创作的此类作品收入诗集《回声》，主要有《丝路驼影》《海宝塔》《博物馆的沉思》，以及呈现民俗文化的《黑虎鞭》《擂鼓人》《筏子舞》等。书写黄河壶口的《河的痛苦》《祭礼》《洗礼》等，都有历史文化意象的植入，因其雄浑大气也体现出汉唐雄风的特质。而裹挟其中的《古铜色的枕巾》却有不同之处：

爸爸给我一条古铜色的枕巾
（和他研究的陶罐一样的颜色）
枕巾上，印着半坡村
和许多鱼的花纹

夜晚，我枕着一缕担心
真怕它掉色
给我的面颊上染一片古铜色的晕

半夜我竟走进了枕巾
哦，一片古铜色的土地上
一个个圆形的古铜色的树皮屋顶

像一朵朵古铜色的蘑菇

远处，站着兽皮束腰的长发人

举起古铜色的臂膀，投出鱼叉

挑起一尾尾银鳞

……

　　童稚口吻的叙述，传递出至真的呼求；半坡先民生活场景的植入，赋予诗作瑰丽奇幻的色彩。这首诗看似书写了两代人理想和观念上的巨大差异，实则是对民族文化的根性思考。古铜色是陶罐的颜色、黄土地的颜色，浑朴厚重却也单调瘠乏。这一色彩性的描述，具有象征性和文化意义的指向。"清晨，我卷起了这古铜色的长夜/卷起了昨夜古铜色的泪痕/是的，我要把它还给父亲……//我的枕巾应该是天蓝色的/像姐姐的那样……"一代人有一代人的精神图腾和使命，古铜色和天蓝色的对比，让我们确信新时代的年轻人应有自己的生命底色。这首诗可以更多地从新与旧、传统与现代等层面去理解，颇具1980年代精神启蒙的特质。

　　1990年代以后，商子秦陆续创作出《青铜祭》《秦俑魂》《诗酒长安》《丝路畅想》等一大批诗作，只不过诗风有所变化，主要适应于朗诵。当诗歌与朗诵结盟，诗与乐合体，诗意的阐发和接受便有了更广阔的舞台。

　　以《挂甲屯的爱与恨》获誉的宝鸡诗人渭水，此后更以社会抒情长诗《1986：阿兹特克世界大战场》《1988：奥运会启示录》等作品在国内产生广泛影响。他的诗歌选集《面世》，收录了多首写于1980年代的"文化寻根"之作，像《碑林，一座沉思的形态》《长安》《小雁塔漫想》等。渭水的这类诗写得自然通畅，不拘泥于意象的营造。如写小雁塔，"孑然一身/自盛唐站起/与大雁塔默默相望/望断百年千年/一尊凝固的蜡烛/爬满斑斑的泪痕"，如写碑林，"面对千秋历史，活者向死者发问/行行刻骨的象形文字/委屈，没有一丝声响"。

1991年，铜川诗人刘新中出版了他的《窑变》，被评论家指认为"中国首部专写陶瓷的诗集"。然而，在刘新中的视野中，陶瓷是一个生命意象，并非文化的符号，他以书写陶瓷的方式完成了对生活现象和生命形式的洞观与提炼。倒是稍前出版的诗集《山风流·水风流》，有近20首"历史考古"和书写民俗文化的作品。他笔调雄浑，情感沉郁，意象奇崛，时有惊人的诗句倾泻出来。《关中》有着浓厚的历史意识，"帝王的龙床/繁衍出许多轰轰烈烈的梦……盛唐憋开青石榴的胎衣/每一颗都流甜的浆汁/马嵬坡那粒却酸涩蜇口……死寂的肃穆的苍寥的坟丘上/野鸦举行着庄重的葬仪"。《秦东陵依恋》在历史意识中融入生命意识："无法拒绝诱惑/拒绝骊山沉重的倒影//即使你的眼一万年后对我紧闭/沿窄窄麦垄/我的灵魂/也要做一次艰难的远征。"《小雁塔》则营造了鲜明的意象："不满在塔尖/宣泄出沸腾的紫星星/腰脊却没有佝偻/笔直地/去鼓动云的骚动……只有一腔血/从野纷纷的黄昏/走向野纷纷的黎明。"《乾陵翼马》是刘新中很有代表性的一首诗，凝重、精粹、精警，下面截取一些片段：

> 属于飞腾的天马
> 却站成风景
> 伯乐的目光被垣墙阻了
> 强烈的悲哀凝成

石头的期待

为贪婪一坟青草
选择了冰冷
……

我痛哭你的肤浅
本该做逍遥游
做一条闪电
做奔驰的秦岭
驮北方和南方
仰天嘶鸣

……

咸阳城
三千坟丘齐悲恸

一匹石马
卧下是碑
飞起是龙

除了在关中平原、在帝都和王陵周围探测，刘新中还将目光投向雄性的高原，体验酷烈生存激发的豪情，挖掘多姿多彩的民俗文化："你越过地平线/无遮无拦地自由冲撞了/这个日子/我倚在河流的肩上/寻找着自己的流向"（《高原风》），"移来龟的上壳/就有了龟的行动/亿万年了，缓缓地/朝着 个光辉的峰顶"（《黄土窑》），"封闭了许多个世纪／才啄破山的硬壳／泛滥出汹涌的喝彩"（《陕北秧歌》）。

出生在宝鸡的诗人孙谦，有自己纯正的信仰和诗学追求。两个源头的充分汲取，赋予他开阔的视野、兼容并蓄的诗歌内质。他的早期作品《西北诗抄》，已然透露出与他的生活息息相关、与"新边塞诗"相呼应的地缘文化气息。1990 年代初，他更是以历史文化意味颇浓的组诗《魏晋风骨》，获得"屈原诗奖"。这个组诗此后经不断地扩衍，最终以诗集《风骨之书》面世。追慕魏晋的先贤名士，足见孙谦个人的精神修持和理想高度。

琴弦上滑过死亡之吻
流泉和空樽淘洗的日月之光
载负着竹林深处的琴师

……

在弦上　脱离尘世的一次次远行
不过一种临风的姿态
断弦之期　你当读到雪崩

——《阮咸·阮》

做人　抑或做一棵竹子
你胸膛里的酒和血这样想

……

一曲终了
你随手把古琴投向穹窿
那琴顿时化作北斗星
使银河遽然涨潮

——《嵇康·广陵散》

这些诗，词采典雅、意象精妙，以现代的思维、意识和手法显影历史人物的精神轮廓，展现其辉映史册的节操和风骨。孙谦的另一组诗《丹青雪》，既充满古意，又体现出纯正的现代主义品质。这些读画之作，是词语对画境的诗意诠释，是诗画之间的互动和鉴照："丹青的轮廓与语词的方式/惊诧呼应灵犀交汇""覆着薄雪的松树，和梅林/托举着惠山的一个维度"（《钱毂·惠山煮泉图》），"给雪以雪，给雪崖、僻野/以孤寒。孤寒的笔意从来就有/却只有你，就这么在贫陋中/于雪庐缩骨卧眠"（《周臣·袁安卧雪》）。隔着薄薄的宣纸，词语在静观，在凝神谛听或沉思参悟。一段虚构的光阴，恰如画中留白的想象空间不断扩展，用于存放那尘世的悲辛。

在宝鸡的诸诗人中，孙谦出道不算早，但属于那种越写越好的诗人，大器晚成。21 世纪以来，他的诗艺愈加娴熟，诗思愈显精微。在对民族信仰和文化谱系的追认与钩沉中，他写下了《新柔巴依集》《苏菲绝唱》等一系列重要文本，拓展了历史文化书写的界域，为当代汉语诗歌植入了异质元素和可靠的神性音型。

从咸阳永寿走出的诗人耿翔，他的写作具有整体性和结构性，题材、主题多样，但其诗歌的地理文化属性也很鲜明。豳州、陕北、西安、汉中、秦岭、马坊等，都是他诗歌地理的重要方位和区域。有了这些据点，他得以铺展观察和想象的视野，凝聚神思，以不同角度不同方法精心剪裁，以至诗篇联袂而出。一个组诗，两个组诗，三个组诗，甚至扩充繁衍为整部诗集。永寿在先秦时代属豳地，耿翔的文化寻根也从这里开始，从《诗经》中的《豳风》演化变构出他的新诗文本。《诗经》中先民们的渔猎耕织生活场景，与耿翔所操持的新乡土写作语境也十分契合。《我来自东》里有这样的诗句："黄土之西，是我/含于口，藏于心的豳地""我是一条，通体透明的蚕/爬出去，却是一条丝绸之路"。《七月》一诗这样结尾：

> 七月在野。七月
> 在庄稼和桑蚕的背后
> 有一片动人的美目兮，时刻流盼出
> 我忧喜的豳风，载玄载黄
> 是女子们难守难舍的
> 七月的嫁衣

　　这些发表于 1990 年代初期的作品，今天读来也依然崭新而富有魅力。诗集《西安的背影》所书写的大陕北、大秦腔和大黄河，最是容易引发慷慨激昂情调的风物，但在耿翔这里，却特异地呈现为透明的语境和丝绸般的轻盈质地。组诗《西安的背影》，历史文化气息渐浓，尤其书写皇陵，语言和情感也变得凝重。这当然与他摄取的对象和题材类型有关。面对一尊秦俑，心怀五谷的诗人这样说，"要跪/就为覆盖战袍的麦子/跪成世传的农夫"。

> 长安之书，让我一生
> 埋头唐诗的地图，把渭水目送到黄河
> 把丝路目送到大漠，把雁塔
> 目送到隔水樵夫的
> 砍柴声里。沿着唐乐
> 流失后的坊上，谁能轻松打开
> 一部纸上长安

> ——《长安书·序诗》

久居西安，古长安的文化气息丝丝缕缕地织入他的生活场景，更以本体的面目呈现出来。《长安六记》就是这样的作品，当然还有《黄河 24 走》《长安 24 拍》等。耿翔著述甚丰，多题材多角度，就是书写汉中和秦岭，也能丝丝入扣地织出意蕴深含的文化锦缎。比如诗集《秦岭书》的序诗由此开启：

> 翻过秦岭的张骞
> 把长安之月，悄然地放在身后
> 西行的路上，他没想到自己
> 就是汉家的一只蚕
> 就要把丝，一直吐到罗马去

西安诗人刘文阁 1980 年代中期开始写作，一直延续至今。诗评家燎原曾称其"在 1990 年代中期成为引人注目的个例"。

诗评家沈奇也有这样的论说："文阁的诗多落视于历史人物、文化遗迹和现实症候，以文化批判的眼光切入题旨，有精微的洞见而不落宏大叙事的迂阔，骨力劲健而风姿隽爽。"刘文阁早期出版的诗集《进程》《与菊花同行》《蝴蝶在门前死去》等，就多见历史文化书写的篇章。诗集《诺言》出版于新千年伊始，其中的此类作品为数不多，却引人瞩目。

比如，他写《孔子》就不乏讽喻色彩，"你的庙宇越来越高/气势恢宏/庄严肃穆//你的告诫/一半作了厚重的基石/另一半作了油彩"。《鸡鸣狗盗》是从成语故事中觅得诗意，历史故事与当下生活叠加，文化批判意味颇浓，"那是两千年的事/两千年的文火/一切生僻的典故/都做成了熟饭"。而《长啸嵇康》，则体现另一精神向度：

> 一声长啸　那只
> 响亮的巨掌
> 缓缓挥过魏晋的天空
>
> 它来自一座山
> 来自最后一片
> 比悲愤幽深的竹林
>
> 当狂奔的车马
> 把所有的路载入豪门
> 幽深的竹林里
> 它一一打开
> 通往天空的竹节

......

慷慨悲壮的历史人物，其精神气节总在激励着后来人。《易水》是写那位我们并不陌生的壮士，写得劲健爽利，带来新鲜的感动和思悟：

于显达之前
陋室就搭建好了
一只酒坛里
醉翁亭已在酿它
飘飞的翼

于苟活之前
易水就已横在了
悲歌落叶之间
寒风萧萧
寒光如刃
斩断了壮士的归路

......

热血难觅
热血被荆轲流尽了

生于 1960 年代末的延安诗人成路，是一位自觉将文化基因植入生命本体，并将其纳入个人整体写作范畴的诗人。起先，他在故乡的大原捡拾老旧的事物、辨认并打磨，或将诗歌的犁铧经由农事和历书插入更深的土壤。而后，他避开城市和闹哄哄的人群，在山野、河流的荒寂处，在倾倒的寺院和石头的遗址上，寻找砌筑个人诗学的砖石。一条借由我们存在的荒僻之处，朝着广袤历史时空回溯的书写路向，日渐鲜明和生动。这并非一条诗歌秘径，只是我们被时下的潮流裹挟，因遗忘或畏惧而欲投无门。由此，成路的写作从一开始的民间性和地域性，一步步抵近民族文化的源脉。恰如一个人在经年累月的挖掘中触到深根，或是顺着细小的支流泳渡而跃进浪涛翻涌的大河。

> 云被流放，鸟被流放，大风被流放
> 我一双小手握紧太阳。
> 城和城中的瓦当，为眼睛存在。眼睛杀死时间。
> 苍白的黏土。苍白的石英。苍白的石灰。
> 我骑隅墩马面，策城扬鞭，追赶肥美的水草
>
> ——《白城子》
>
> 我们把村子放置在苍茫的远景里
> 回到山冈的阳湾、峭壁、秃岭
>
> 野草和佛塔，石窟和粉彩
> 讨要王国，讨要姓氏。我们执掌的灯盏
> 放射出刺穿尘埃的光亮，我们的灯盏
> 不能在摇床上给啼哭的生灵热血

——《孤独的祭坛》

黄铜的原上
有一把剪子，在结茧的手里铰日头

土窑的窗棂上长出了抓髻的胖娃娃
冉冉上升的头发，是灵魂通天的秘径

——《生命的绳》

　　自民俗、典籍甚或传说中移植的物象或场景，因诗人的灵
性赋予而具有了新生命。成路的早期诗歌，正是在文化的背景
或土壤中点播生命的灵性之火。那火便是诗歌所要敞开的核心，
一种本体性存在。这样的诗歌场景，此后被成路从陕北搬迁至
西夏、蒙古、青海、西藏、海上丝绸之路等广阔区域，经过嫁
接、转换和再生成，在历史和文化的源头铺展成一部生命之书。
　　当然，成路的名作《母水》是更为集中和考究的书写，《颂
歌，始于水土》也是。《母水》由 24 个片段连缀而成，对应农
历二十四节气；《颂歌，始于水土》的"生、滥、焚、裂、衍"
五个部分，对应古代"木、火、土、金、水"的五行学说。组
织和贯穿两部长诗的，是一种文本上的榫卯结构和穿插技艺。
这种结构方式和技巧，在他以后的长诗中多有运用。《彤色俊》
更是利用音乐形式为诗歌塑造形体。成路是"裁制幻念的匠
人"，又是深谙构造原理的建筑师。他把《母水》《颂歌，始于
水土》《彤色俊》《活时间》等四部长诗，又织构为体量更为庞

大的《他日协奏曲》，并献给"时间开凿的虫洞"。

这些有着巨大体量、幽邃空间的长诗，体现了成路的写作雄心，也难免令阅读者生畏。其中布满意象的险滩、山体、丛林和莫测的水系，解读是要费一番功夫的，甚至会遗憾地空手而归。但直觉不会欺骗我们。那些意象以及意象的序列，不断地衍生和替换，文化的场域不断搬迁，而充满灵性的人或物始终活动其中。当然还有时间这种物质，时间是神，吃进又吐出万物。有时文本空间由"我"去引导和游历，有时那些人和物拥有自己的意志，他们自行其是，仿佛不由诗人掌控。那些灵物，那些跃动的画面，都秘密地参与一种生命的仪式。

而最终指向的，是诗人这个设置诗歌坛场的巫师，他这样召唤并喝令万物：

约请的灵在地、水、火、风的中间说：开门——

肥沃土壤的玫瑰在四野燃烧，火说：开门——

船舶上讲述马群和陶土的乞灵者说：开门——

陶土在陈炉，在窑窖里说：严净的国土啊，开门——

大洋底下的泛古陆对隆起的陆地说：开门——

开门——

1970年代末出生的诗人赵凯云，是咸阳彬县人。彬县古时也称豳州。他是陕西"70后"诗人中有浓厚家园情结和寻根意识的一位。陕西"60后""70后"诗人的写作，历史文化类型的书写路向日渐稀缺，因而难能可贵。赵凯云出版过一部两卷本的《豳州书》，古道热肠，慷慨悲壮，既书写了家园之思、家园之痛，也回溯豳州大地上的历史人物，景仰先祖，追慕先贤，掘发深厚的文化矿脉。赵凯云如此杂糅的书写方式，是为出走的自己寻找精神皈依，又为故乡乃至广阔的三秦大地梳理文化谱系。

> 蛮荒大野之年，我拟西迁
>
> 一匹马从水北沟飞出
>
> 望岐台上，风有点急，雪有点大
>
> 闪电把乌云撕开一条裂缝
>
> 裂缝里劈出光明，光明里捧起空阔的心
>
> 亮光的东边身处绝壁，南边背靠泥淖
>
> 左手是商王暴虐的面孔
>
> 右侧是戎狄占地夺民的侵扰
>
> 这是唯一保存火种的出路
>
> 家族的泅渡就此列队出发
>
> 一路向西，决不回头
>
> ——《古公亶父》

赵凯云是一位富有才思和激情的诗人，创作力也极为丰沛，其诗歌风尚呼应和紧追陕西诗歌粗犷豪放、恣纵旷达之余绪。他善于铺排诗句，善于书写大型组诗，题材化、类型化方式鲜明。像《豳州史》《朝圣之路》《秦地有光》等，动辄数十首。当然，诗集中也不乏很多小巧精粹之作，比如这首《漆县城》：

意象纷乱，星星窃窃私语
大汉的明月，正穿越时空和荒漠
从史册缓缓而来
一束光照亮无眠的夜空，却照不亮
空旷的心

大雾弥漫，鸽子飞过，它用羽毛
反复洗涤骨骼中的尘埃和忧伤
轻抚蜕变千年的向往和梦想

而漏风的城头，历史的花朵失贞
白骨紧挨着白骨
泪水逼仄着泪水

新时期以来，在陕西这方皇天后土和文学的福地，历经数代诗人及其群体坚韧不拔的开拓，陕西诗歌的气象和面貌焕然一新。不同方向和层面的探索试验层出不穷，持相异主张和风格的写作互为补济。诗歌的地平线也不断延伸，向着更为广阔的地域和时间的纵深处。在这其中，历史文化书写是动人的风景，其沉雄劲健、古雅秀丽的风姿，也最能体现这块土地的内涵和气质。在急剧转型的时代进程中，在苍茫大地和幽暗历史布下的魅影中，陕西诗人无畏地"逆流而上"，发出叩问存在的呼声。

的确，从文本的内部空间来考察，带有文化寻根意识或史诗情结的写作，沟通弥合了当下和过往、历史和现实、农耕和现代、神话和人伦……极大丰富和拓展了我们生存的场域。在陕西诗人繁多的题材类型和书写路径当中，一直贯穿着两个方向的探索，一是向广博的文化地理甚至异域文化土壤的延伸，一是朝着时间的深处和文化的源头回溯。他们的努力，避免了浮光掠影般的文化风情展示，或浅尝辄止的局部探索。他们实现着自己的诗歌梦想，也回馈了土地的滋养。当然，在这些出示的文本中，一种直观却摄人心魄的诗性力量，也被我们捕捉：那是青铜之音与丝绸之魅交织的风景，语言的阿尼姆斯和阿尼玛的合谋与嬉戏。

# 语言的形塑和旋律化的奏鸣

## ——现代汉诗的诗体建构或形式探索

我们在今天看，现代汉诗遭人诟病的原因，不外乎两点：一是内容的晦涩，二是形式感、音乐性的缺失。当然，阅读现代诗，存在理解的偏差。"晦涩"，在一些人那里成为阅读的障碍，在另一些人那里却不是问题。这是因人而异的晦涩。在价值判断上，有些人认为晦涩是缺陷，但在成熟诗人那里，晦涩恰恰是表达的需要——现代人认知和把握复杂多变的现代社会并进行经验传达的需要。所以说，有意走近现代诗，仅仅提出诉求还不够，还需要加强自身的学识和修养。

然而，在形式感和音乐性，也就是诗体建设方面，现代汉诗不同程度的乏力却是事实。这当然是相对于辉煌的古典诗歌传统而言的。古典诗歌抵达成熟期，形成了鲜明的标准化的诗歌体例和音韵套式，而现代汉诗仅仅百年，很多方面处在摸索或探索阶段，还有待进一步深入和完善。古文言和现代汉语由于在语言学上存在诸多差异，我们便不能以古典诗歌的形式感和音乐性来要求或规范现代诗。最常见的情况是：现代汉语虚词多，为达成句子的整饬而去掉虚词，会失去自然流畅的语感；现代汉语多是双音节词，且句子成分复杂，不太可能像文言那样，仅靠名词性的意象陈列就能获致独特的意境和诗情。至于平仄和对仗，在现代汉诗的写作中也并非不能实现，只是以此为模式就会陷入诗意的僵化，失却现代汉语应有的活性和创造力。

古文言和现代汉语的差异，就其本质而言，乃是古代和现代这两种社会形态的差异。传承当然是肯定的，生物学上的遗传和变异，同样适用于诗学。所以说，现代汉诗在对古典诗歌有所借鉴和传承之后，要演化出与自身相匹配的诗歌体式，以及由语调、节奏、声韵、旋律感等构成的音乐性。

## 语言的形塑：来自视觉的诗意

与表音文字不同，汉字脱胎于象形文，其能指，也就是物质外壳，是由字形和字音两方面组成的，且以诉诸视觉的字形为首要。在我们看来，每个方块字都有自己的间架结构，犹如微缩的建筑，在视觉上颇具画面感或雕塑性，给人以端庄稳固的视觉联想。当字与字、词与词联结成行，犹如砖石铺筑，再通过断行排列而成诗节，诗节列队然后构成诗歌的物质外形。这些错落的长短句，行数不一的诗节，以及空行的设置，凸显了一种形体感和建筑美。说"建筑是凝固的音乐"或"音乐是流动的建筑"，便是强调视觉形象与旋律感之间的内在相似性。

汉语诗歌确如一块块砖石砌筑的二维建筑。当然，具体到诗人的作品，其诗意的形象和诗歌内部的空间是与诗歌的内涵意旨无法分开的，语言的形塑能力是与诗人诗意表达的强度和语言的质感联系在一起的。这里，我们以部分陕西诗人的作品为例证，看看现代汉诗在形式方面的追求和取得的成果。

阎安的诗注重隐喻和象征，诗意内涵的密度很大。但在形式上，则擅长长句子的铺排，哪怕一二十行的短诗，视觉上也是黑压压一片。他的大部分作品都在二三十行左右，属中等体量。但诗歌的内部空间，却因隐喻性和象征性，有了很大的扩容。阎安的语言有硬度和棱角，透着冷冽的锋芒，这与他叙述性的语调和对抒情性的克制有关。他诗歌的排行和分节，随着诗意的推进自然形成，没有一定的规则。但有时为了营造一种孤立或突兀的氛围，他可以让一个短语甚至一个词成为一个独立的诗节。

> 一只白天鹅
>
> （也许仅仅是一个类似的白乎乎的事物）
>
> 和它的不太真实的白
>
> 在秋天的天池里
>
> 在比新疆还远的地方
>
> 和镜子睡在一起
>
> 一块有弯度的巨石和它的黑青苔
>
> 和一大堆白花花的鸟粪
>
> 在大河上空的危崖上
>
> 在古代的风中　在一只试图确定
>
> 飞翔姿态的鸟的翅翼下
>
> 和时间睡在一起
>
> 一条蛇在丛林中蜕掉白皮
>
> （这一切只是在想象之中）
>
> 追逐一只饥饿的老虎未果
>
> 在迷失了返回洞穴的道路之后

由于恐惧而仓皇逃窜

天黑之前它要赶到旷野上

和乌云　月亮睡在一起


我父亲和他的白发

以及他的黑皮中的白骨

今夜在故乡的梦中和我的梦中

闪着无处安放的白花花的寒光

和某种难以名状的忧伤

和北方的群山睡在一起


——《和镜子睡在一起》


　　这是阎安诗歌中较为整饬的一首，"和……睡在一起"这个句型，因过于醒目而几乎成为一种可供模仿的套式，既具造型性，又有旋律感。但这样的形式运用是一次性的，这也是现代汉诗与古典诗歌在形式上的最大区别。古典诗歌有一定的模板，甚至可以依据音韵格式往里填词，而现代诗的形式是与内容一道创造出来的，套用就失去了生命力。在很多情况下，阎安的诗句并不简洁，尤其是从诗集《整理石头》以后，他越来越多地钟情于繁复的长句，有时一个层层叠套的复句就能构成一个诗节，甚至整首诗。


我要写下整个北方仿佛向着深渊里的坠落

以及用它广阔而略含慵倦的翅膀与爱

紧紧捆绑着坠落而不计较死也不计较生的

仿佛坠落一般奋不顾身的飞翔

——《北方的书写者》

　　秦巴子诗歌的语言，是一种硬质的颇具造型功能的语言。说其"硬质"，是因为更多地排除了修饰性的语言泡沫，从而呈现细密、紧致的语言质地。秦巴子的诗从外在形态来看，短句子多，显得精巧灵动，排行、断句、分节也都极为讲究。早期意象诗整饬一些的，多采用"三行体"；自由一些的，诗节不拘泥于行数，多则六七行、八九行，少则两行甚至一行。后期写实风格的作品，更多是连绵着一口气写下来，并不分节。无论选择哪种诗歌体式，秦巴子一定是经过深思熟虑，反复试验和确认的——与诗歌内部的秩序相协调。正是形式和内容，在其相互的制约与激励中，套现了更多的诗意内涵。

　　　　我梦见马车
　　　　我梦见一架马车悠悠走过
　　　　一架装载着商人和商场、男人和战场、名流和秀场、
　　　　　明星和球场、学生和操场、小丑和剧场、演说者和
　　　　　广场、背叛者和情场、粮食和打谷场、杂货店和大
　　　　　卖场、动物内脏和养殖场、拾荒者和垃圾场的
　　　　巨型舞台似的尘世马车
　　　　从我眼前反复走过

　　　　我看见亲人、熟人、情人和敌人的面孔隐约其间
　　　　我看见车夫挥动着鞭子，马车越跑越快

但我看不见拉车的马儿

我看见狂奔的车子

它没有马儿


——《神马》


这首两节、十行的小诗，极度写实，却又虚幻。第三行诗极其臃肿，打破了惯常的诗语规则，十三个并列的名词及其相关场域，模拟了人生的百态、人世的万千景观。这个有序膨胀的诗行，正是形式参与内容表现的模范例证。

在陕西诗人中，成路诗歌的意象编织和长句子的建筑也是非常醒目的。在以往的印象中，总觉得成路的意象诗是隐藏了情感、排斥抒情性的，但有时他的情感动力却有着祈祷的巫师呼请万物的架势。这是长诗《颂歌，始于水土》中《焚》的两节：


可是蓝

在三月，相信谶书已经开始把雪送给了过往的风

而蹲上手背的玫瑰

是窑工从陶罐上采集的火焰


窑工啊，你给人子的火焰从大野的山峦中再次喷出

使人子们掬起天门溢出的羊水

把坛城搭建


成路的诗歌语言结实又不失灵动，在意象词的选取和打磨

方面，有一套自己的规则，无论长句子还是短句子，都能自如地应用到自己的诗歌建筑里。他精心淬炼的语言犹如语言的化石，潜藏着丰富的历史文化信息，他的书写有着招魂般的执拗和开阔的气场。同时，由于意象、意象群在诗歌意涵的凝聚作用，结构在文本框架中的统摄作用，成路诗歌尤其是长诗的建筑性便格外突出。这是长诗《活时间》中《册一》的开头两节：

火柴点燃了蜡烛。
持烛者的眼神和烛光探向岩壁的缝隙，观看水滴如何从石头上脱落，可看见水上映着一只眼睛和烛光。

岩壁的水入河，替换原先的水。
惊恐了的鱼跃起，把独眼视为岩门的封印。
那这样：
——请谁在印痕上雕刻封闭的元日；
——请谁占卜启封的新日；
——请谁列出封存的物料详单，如：化石、植物、动物，也可以有潜逃的水。

在诗歌的形式感方面，宗霆锋是极尽变化并富有探索性的。长句子、短句子、长诗、短诗、组诗、散章体诗，各种文体的杂糅，他均有涉猎，似乎无所不精。用他自己的话说，就是要为每一首诗铸造不同的形体。尤其是《巫之书》最后一首依据某种图案排列的诗句，《后村喜剧》中自由嵌入诗行中的乐谱，以及长诗《灯神》第四章的图像诗，已经在探索诗歌语言的能指——图像层面所能获致的诗意了。这些与图像合一的诗歌组合，不大容易在版式上呈现，就不在此展示了，有兴趣的朋友可以阅读原作去感受。

以下是宗霆锋有代表性的长句子诗，情感炽热奔放，滚烫的词语犹如情感和智识传递的导体，飞扬的词采快速滑动，有着纵横千里的气势：

呵，这悲怆心灵中涌起的圣歌反复诵唱的葡萄园
所罗门智慧格言里紧邻泉水、日益加深的葡萄园
这词语中日渐隐匿无名的葡萄园我要迫使它再度显形
要肯定无疑地说出

——《绿色火焰翻卷的葡萄园我要说出》

它诞生自北方神性的大地，诞生自我故乡烈焰奔腾的河床
它诞生自我整个童年内心大雪和大雾弥漫的荒野
诞生自荒野大雪中日益变红并焚烧的玫瑰那与万物相
　　呼应的内心
……
它是我诗歌大雨中奔腾并嘶鸣的红玫瑰、绽放烈焰花
　　瓣的汗血马
是雷霆谱系中最年幼的孩子、十万葵花内心认可的唯
　　一首领

——《大雨中嘶鸣的红玫瑰呵我的红鬃烈马》

# 旋律化的奏鸣：来自听觉的诗意

作为表意文字，汉语在声音方面的资源显然要逊色于表音文字。但汉语独特的发音和声调，也形成了一套自己的音韵模式。我们循着字词的声韵及声调，进入更丰富开阔的文本空间时，也便踏入了一条由声音和旋律织构的河流。这条河流或自由舒放，一展一泻千里的魅力；或一波三折，令人着迷于那停顿的节奏感和跌宕的顿挫感。这是来自语言的音乐性，显然还不是音乐本身。

在陕西，有一位诗人在十二三岁的年纪，就进了地区的文工团拉小提琴，直至二十七八岁才开始写作现代诗。他就是尚飞鹏。应该说音乐才是他的老本行，他对音乐的理解、认同和诗意的转化，在陕西诗人中是绝无仅有的。他的人生理想用诗来表达，便是"拉琴、写诗、爱自己的女人"。对于音乐和诗歌，尚飞鹏有自己的认识："作为体现灵魂内部声音的诗歌，用文字记录它的奇妙响动，这实在是件既笨拙而又无可奈何的事情。""诗歌的本质应该具有音乐的流动性，而不是某种呆板而教条的节奏和韵律。"他把诗歌理解为"灵魂内部的奇妙响动"，把诗歌的音乐性理解为"音乐般的流动性"，这些观点的确带给我们很多相异性的启发。

我们阅读尚飞鹏的作品，会发现很多诗歌都与音乐有关，像《音乐——我读不懂你的名字》《半音阶练习》《小提琴在歌唱》《F调》等等。在组诗《唢呐独奏》中，小标题被分别命名为《引子》《主题》《深沉的旋律》《敏感的动机》《纯粹的悲哀》《复调荡起的波浪》《主题与变奏》《一个休止符的咏叹》《不动的版图》《尾声》；长诗《三部曲》分别为《无调性》《无节奏》《无旋律》。通过这些音乐性极强的诗歌题目，我们看到尚飞鹏的确是在用文字抒写音乐，或者说，是用音乐这种艺术形式有效参与诗歌的结构、内蕴以及诗歌精神的创建。有人说，语言的尽头是音乐。正是在诗歌和音乐之间、有形和无形之间，尚飞鹏以他独到的悟性和实践在充当摆渡人的角色。在他的抒情长诗中，随着情感情绪的波动起伏，诗句的长短、节奏的疾徐、诗节的铺排或收束，都体现为音乐般的奔流状态，可以说是文字和音乐的合力与奏鸣。呈现生命和情感状态的《乱辞》，就是诗和音乐、有序和无序的融合。长诗开首就是这种气息绵长、大开大合的诗句：

> 大幕拉开以后
> 舞台上空空如也
> 一万颗太阳升起一万颗月亮升起
> 照耀谁
>
> 海水簇拥着高耸的岛屿妖媚的诱惑力招蜂引蝶
> 满身的灵气在打斗中倾入无形之体
> 那么多情的声音在雷鸣电闪的骨殖和血液里投以热烈
>   的微笑
> ……

在长诗多个部位，甚至以无标点的整个诗节连排的形式，表达与情感情绪相契合的生命状态。比如在第一首结尾处：

那扇长满卷曲之毛柔情之毛的覆盖万物之门那扇偶然
开启突然关闭的嬉戏之门那扇生锈之门屈辱之门嚎
叫之门的七色花环那扇凯旋之门骄横之门暴怒之门
冷落之门最早谁亲吻了它唤醒了它生天地生日月生
金木水火土

　　当诗歌中的意象偏离其语意的所指，不断向能指符号靠拢，
这些意象便如音符般灵动跳跃，由其所构筑的诗歌便具有了浓厚
的超现实主义色彩。在另一些短句子的诗篇中，尚飞鹏为我们呈
现了另一种语感，另一种快速变换的节奏和语言流动的势能：

我的兄弟

夜色已经降临　月亮顺风而起

岁月是一双破烂的拖鞋

我的兄弟　扔掉吧

套住我们心灵的锁链

扔掉吧


性感的双簧管

招人喜欢的羔羊

水蛇的腰　音乐

温柔的暴力

把人类的罪恶一一拆开

从此　我们再也无法沉默


——《梦游者的自白》

音乐和诗歌的高度融合，从诗歌的角度来看那是一种高层次的音乐性，而语言文字本身的音乐性是依附于语意内涵的一种形式化的东西，当然也并非可有可无。就在诗歌不拘囿于意象的形塑功能，从而发挥语言的流动性，与生命状态同振的音频和乐感也便产生了。再看一首尚飞鹏的短诗《海是一堵大墙》，无须押韵，仅凭节奏就能带来铿锵的乐感：

我不去看海
看了也等于没看
对我而言
海
永远是
涨潮的季节
不看也知道
海是一堵大墙
海站着
从来没有倒下

刘亚丽诗歌的魅力是多方面的，比如语言的质感，平静舒缓的叙述语调，凡俗物象附着的深邃意蕴，日常和神性的结合，等等。当然，我在这里要说的是她诗歌在形式感方面，尤其是音乐性方面的特征。首先，平易舒展的语体和叙述的节奏，在诗意内涵之外就给人以特别的美感，以《西安标竿书店》为例：

大雁塔的西边，红尘的上面

在青砖灰瓦朱红色飞檐无力勾引的地方
在肉体凡胎苍白软弱的时候
你开始，就永不再结束

白色的门扉敞开
白色的香柏木窗格明亮洁净
墙角的迎宾天竺葵憋不住一个劲地绿呵
却把世界紧紧地关闭在门外

这样的叙述显然不是小说或散文的叙述，而是诗歌独有的诗意叙述，这得益于词语之间的呼应和有意的重复等方面。紧接着，一种更为诗意的言说出现了：

那从上面来的言语
一丝不苟地记在下面的白纸上
风随着意思吹
风吹书页沙沙响
哦，喜乐——不是高兴不是快乐
也不是喜悦
是姹紫嫣红层林尽染的喜乐呵
这大雁塔的钟声里不曾有的东西
一经存在，就永远存在

词语的呼应和反复不但不显得冗赘，而且导向一种"片段式"的旋律感。从"你开始，就永不再结束"到"一经存在，就永远存在"，直至结尾的"一经活着，就永远活着"，这一有所变化的反复，带来确切的旋律感。这是现代汉诗对古典诗歌中的复沓形式有所背离的回归，也是一种呼应和致敬，正如艾略特在一篇文章中谈到的"这种对格律规范的不断规避和回归……"。

它告别花瓶椅子桌子
桌子上的书籍和白瓷缸
它穿过光鉴可人的窗玻璃
载着我沉甸甸的睡眠
它载着沉甸甸的我飞走了
它载着我飞翔在乌鸦的故乡

——《飞翔的床单》

我拎着一袋黑木耳一袋黑香菇回家
我拎着伸手不见五指回家
我看见了伸手不见五指以外的
第六道彩虹
我看见了看不见

——《大地的耳朵》

是谁在今天上午
拿走了我的晦暗和浑浊
拿走了我的枯枝与败叶
落花谢了一朵又开了两朵

流水携着新雨又流了回来
是什么样的不明原因
让我开口赞美习以为常的天空
习以为常的阳光

——《美好的上午》

以上截取了刘亚丽三首诗的片段，词语和句式不同程度的反复，使得每一首诗歌的内部都回响着奇妙悦耳的节律感。这种节律感有效地参与诗歌内涵意蕴的营造，显然不是那种机械的平仄和响亮的押韵能够取得的效果。

远村早期的诗歌有很强的抒情性，激昂豪迈的抒情必然要寻找与自身相匹配的诗歌形式。阅读他的诗集《浮土与苍生》《向上的颂歌》《远村诗选》等，我们能够把握他的诗歌在形式、结构以及咏唱性等方面的特点。他还有近乎格律化的实践，像早期诗歌《无定河的月光》和《统万城的碎瓦》等，挖掘诗歌的咏唱性。

这种咏唱性一方面表现为形式上的节奏和韵律，另一方面则与诗人的情感状态和生命状态深度呼应。按说，这样的抒情诗如果都压上韵脚，整首诗会更响亮，声音的色彩会更鲜明。比如，远村一边在压"ang"这个昂扬的韵脚，一边又在审慎地规避。这是一个很有意思的现象。一韵到底显然会落入旧的窠臼，适度的规避则带来变奏的效果。这样不但没有削弱诗歌的音韵，反而是一种补偿和丰富。这种情况非常类似于穆旦在《诗八首》中表达的意思："他底痛苦是不断地寻求／你底秩序，求得了又必须背离"。

近些年，远村诗歌的抒情强度减弱了，叙述性加强了，繁复敞亮的长句子书写生活经验和自己的冥思遐想。但在繁复的结构中，那种音乐感和诵读性依然固执地显现或隐藏。

如果一个人穿上豺狼的外衣，就可以吓退来犯的老虎。
就可以保住一根救命的稻草。
如果一个人放下项上的傲骨，就可以换回短暂的安宁。
就可以躲进后宫，搂着一江春水快活。

如果一个人赤裸着自己的身体，被树下的猴子视为兄弟。
就可以躲过人世间的卑微。
如果一个人放弃红尘中的不舍，就可以把一生
分成不同的季节。
……
——《如果一个人穿上豺狼的外衣》

第广龙早年的诗歌也有很强的抒情性，重视语言的锤炼和隐喻等修辞的运用，像诗集《祖国的高处》以及长诗《西兰公路》等。也许是受散文写作的影响，也许是他自己有意识的改变，他后来的诗越来越倾向于叙述或叙事，以及暗含深度和难度的日常性。他用洗练的散文语言化解意象和修辞的肿块，重构一种平易自然的新诗风。这首早期诗作《糖饼》的魅力，有一部分显然来自节奏和韵脚：

下雨打钟，和尚坐功
寺庙在光头上打滑

菜地里，韭菜长一寸
三个水桶，两个有洞
剩下一个，吃糖饼

从前有座山
山上有座庙
庙里有个和尚
吃糖饼

    表面上看来，第广龙早年的激情、隐喻和象征，已被此后平静的散文化的叙说代替。然而在散淡的描述和熟常的生活细节中，我们还是不经意地被触动。这首《羊的眼睛》是他近期的作品，多次被诗歌选刊和选本收录：

红油，蒜蓉，醋水
羊的眼睛，不辛辣
不酸楚，自然不会流泪了
吃掉羊眼睛的人
吃的是口感，不是羊的眼神——
那么温柔，摇曳草的影子，人的影子
吃着吃着，这个人哭了
这个人刚和爱人分手
哼唱的谣曲里，把爱人的眼睛
比作羊的眼睛

    这是发生在餐桌上的事情，跟吃有关，与诗歌的高雅似乎尚有距离。然而，我们读罢内心却不肯罢休，我们都好像成了那个吃着吃着就哭了的人。诗人平静节制的叙说，激起了读者内心的波澜。这首诗似乎还有些音韵的余响，但占主导地位的是自然的语感、平静的语调，音乐性的剥离却又产生了另外一种"音乐性"。当现代诗不再过多地仰仗修辞，通透的语言的质地便显露出来，自然流畅的节奏便愈加纯粹。这首《下午两点的太阳》也有同样的魅力：

> 为什么是下午两点，而不是早上七点
> 或者下午五点，时令可是深秋
> 这个时间，刚刚完成了一次午睡
> 蓝天的颜色变淡了，阳光的亮度
> 增强了，似乎有一种推力推着过来
> 似乎在穿透，这个世道人心那隐秘的部分
> 下午两点的太阳，自身的光足够
> 把一个瞎子带走，然后藏起来
> 然后用一根根光线，在大地上
> 画出盲道，那清晰的纹路
> 即使在最肮脏的地方，太阳也在照耀
> 也一样投下，不含杂质的明亮
> 让有罪的人，也充满幸福感

# 结　语

艺术若按其物质媒介和材质进行分类，可分为视觉艺术、音响艺术以及视听艺术的综合。文学以语言为材质，语言没有绘画和雕塑那么"夺目"，亦无音乐那般"入耳"，但却是一种综合——文字形体、文学形象和语言的声韵节律的综合。甚至，诉诸人的触觉、味觉和嗅觉的，都会在语言中得以实现。上文以部分陕西诗人的作品，简述了"语言的形塑：来自视觉的诗意"和"旋律化的奏鸣：来自听觉的诗意"两个方面。这也是现代汉诗在形式感上面临的问题和亟待完善的地方。经过一百年的发展，现代汉诗已不可能照搬古典诗歌固化的体式——绝句、律诗以及各类词牌和散曲；也很难做到合辙押韵，朗朗上口，就是平仄对仗也不太可能。因为，现代汉诗得依照现代汉语的特征和性能演化出自身的形式，以及与之匹配的音乐性。而且对现代汉诗来说，越是独特的体式越不能重复使用，不断翻新才有生命力可言。

我们知道，现代汉诗基本上是自由体诗，看似散文化，甚至膨胀无序，没有句式和音韵方面的约束，实则仍有自己形式方面的考量。现代汉诗的写作经验也告诉我们：自由诗体其实并不自由。就像艾略特在《三思"自由体诗"》一文中所说的那样："即便在最为'自由'的诗中，某种基本的格律也该像个幽灵似的潜伏幕后……换言之，自由只有以某种人为限制作为背景，才得以真正显现。"而这，也正是现代汉诗写作难度及其魅力之所在。

# 掠过大漠上空的风

## ——《陕西诗歌》"榆林诗歌小辑"读后

陕北自古就是争战之地。草原游牧文化和中原农耕文化在这里碰撞交织并融合，形成了这块土地独特的底蕴，也形成了陕北人热情、直率、坚韧、勇猛的个性。这里土地干旱贫瘠，却盛产精神的食粮，很多实力非凡的作家、诗人、艺术家从民间文化中汲足养分，以令人惊艳的方式走向全国。1980 年代，尚飞鹏、刘亚丽和李岩被称为诗坛"三剑客"，他们都是榆林人，不同于那个时期的现实主义书写及乡土诗歌风貌，他们追求的是纯正的现代性品质。这不禁让人思忖，在一个艰苦、闭塞的区域，何以产生超前的思想意识和写作方式？当然，答案不难找寻，这种现象与当时的社会文化环境有关，更是诗人主体意识苏醒和确立的充分体现。新时期以来，榆林诗人不断涌现，而尚飞鹏、刘亚丽和李岩无疑是其中翘楚，他们诗歌所抵达的高度，代表了陕西诗歌甚至现代汉诗在某个方向上的高度。

1990 年代以至 2000 年以后，有更多的青年诗人进入人们的视野，活跃于诗坛的某个区域，像参加过"青春诗会"、多次获奖、产生广泛影响的霍竹山，发表过众多作品的闫秀娟，陕西"80 后"诗人中颇有实力的青柳等。但以市场经济和商业文化为主要特征的社会转型，也给诗歌创作带来很大冲击，自然影响到诗歌的选材、言说方式及精神品质。1980 年代所葆有的理想品格和短暂的精神启蒙，让位给实实在在的现实生存、物质对精神的挤压和嘲讽。当然，还不止这些。多元化的时代，有层出不穷的事物和现象等待捕捉和命名。年轻的一代诗人，面对这样的处境，有能力发出自己的声音，他们的音频和音调各不相同，这也构成榆林中青年诗人的自身存在和差异性创作风貌。他们就像掠过大漠上空的风，强劲、凌厉、浩荡，卷起沙尘，留下自己的印记。

这些人当中，罗至的名声不是很响亮，但翻开众多文学刊物和年选，都会找到他的名字。他起步很早，然而他的书写，并没有框定在乡土性和地域性的范畴，而是将笔触更多地指向现代人的生存现实和精神处境。近年来，他潜心较大规模的组诗写作，进一步设置难度，在荆棘丛生的诗路上求索。《飞行高度》就是他"高度系列"中的一首。这首诗没有沿袭惯常的诗歌套路，而是在当下生活琐事中，以叙事方式寻找并创造属于自己的诗意。梦野出名较早，参加过"青春诗会"，获得过柳青文学奖。他是一位执着的陕北高原上的歌者，他倾情书写故乡的人事风物，以及在时代语境下遭遇的破落和尴尬，即使在"北京醒来"，牵挂的依然是乡音乡情的着落。他的诗歌虽然质朴，但诚挚的表达还是能够触人心弦。《天花板上的路》有他一贯的语言风格，人生的经历和体验凝缩在短短的诗行中。张晓润也是一位颇具实力的诗人，她在国内文学期刊发表了大量作品，被收入多种诗歌年选。她的写作稳定沉着，诗艺渐趋成熟，在浮躁的诗歌环境中显示出良好的定力。《归程》充分体现了她对语言的把控力，凌厉爽朗的语调将一个无数次被人书写的旧题材，翻出新意。"败下阵来的样子/就是完胜的样子"，对立、矛盾的修辞在更高层面上获得诗意之真。

榆林中青年诗人中的大多数，在作品的推介和营销方面未能引起大范围关注，但他们的诗歌实践和艺术探索无疑有着很多积累，且不会因此而止步。他们是有实力的，前景不可小觑。贺子军与韩万胜，我很早就知道他们的名字，他们的诗歌功底从短章中也能体现出来。《邻村杀猪人》以"另类叙事"呈现过去年代的乡村生活，从中也能体味出作者的深情。《背》是一首精警的小诗，发挥了诗歌语言特有的张力，语言背后的意涵耐人寻思。李光泽近些年为外界所知，他的《山坡上的一万只红灯笼》写得自然通畅，以心体物，赋予寻常事物深沉的情意。笔者对烟雨其人其诗并不陌生，她的《为此，我每天需要多睡一会》，自然舒展，将一个伤心故事写得充满人间情味。朱蕊的诗，机警灵动，在不大的篇幅里，对节奏的把握很到位；诙谐、反讽的东西不时闪现，有个性，也很能抓人。当然，还有武丽、碧波、杨岸、李纪元、林子、樊瑛等人的诗，在语言打磨和诗意的提炼上，都有自己的鲜明特征。

"80后""90后"诗人是年轻一代，或许他们的阅历和人生经验不算十分厚实，但不妨碍诗歌才华的及早显露和施展。秦客近些年将创作的重心转移到小说上面，但他在2000年初，已经活跃在诗坛上。他的诗口语化特征明显，以叙述、叙事方式，表现日常生活现象和人生百味。《此诗献给少女无双》，依然让人惊奇，诗题和内文在某种程度上的断裂，显出作者的匠心。破破很有才华。不过写作到了一定程度，仅凭才华也不牢靠。可喜的是，破破将他的才华交由人生经验去打磨和淬炼。《自画像》所勾勒的不仅是自己的精神面相，也深刻展现了他对语言的经验，以及语言智慧带来的诗性表达。刘雕和的《拉拉》，深情柔美，让我想起《日瓦戈医生》中的一句话："拉拉是世上最纯洁的人。""90后"诗人王贵、周文婷、白万能等人，也显示了良好的语言感觉和诗歌潜力。

在陕西诗人当中，惠建宁、惠诗钦是特别的存在。写作上，他们相互扶持和鼓励，经常在同一期刊物上亮相。他们不温不火，却坚定自己的存在。同时，通过主办刊物等方式，为当地诗歌的繁荣尽一份力。惠建宁的《诅咒》用极端的方式诠释深情，相当老到；惠诗钦的《我的天空》则清新明朗，两种风格形成鲜明对比。就在大家对父女俩的存在习以为常之际，近一两年，一个以"老烟斗"为笔名的人，也踏入诗歌圈子。他是建宁的长兄，一个风趣幽默又低调的人。他写诗不久，但遣词造句特别，稚拙而有深意。一家出现三个写诗的，是凑巧，还是有着某种内在缘由？我们不得而知，但不能不对这个诗歌家庭产生敬意。

　　这期《陕西诗歌》的榆林诗歌小辑，由于采用了一人一首的方式，在尽可能多地推出诗人、诗作的同时，无形之中，对他们写作面貌的整体展示和观察也带来了限制。不过，这也不失为一种方式，且对诗人写作的精细程度提出了要求：一人一首，短兵相接，技艺的精湛或细节处理的纰漏，或许就在毫发之间。通读这些面目有别、各具特色的作品时，还有很多诗歌给我留下印象，带来不同程度的诗意冲击，像张弛的《五行缺土》，曹洁的《在长城上遇到一只小狗》，杨贺的《十年之间》，窟野河的《苍穹》，曹宏飞的《远方》，等等。一百余位诗人和他们的作品，不能不说是一个庞大阵容，而这显然还不是榆林诗人的全部。有多少隐身民间、不为人知的实力派，有多少即将从这一百位当中脱颖而出的新秀，我们尚不得而知。榆林是一片神奇的土地，蕴藏丰厚；榆林诗人有强大的文化底蕴的支撑，这是他们的优势。当然，诗歌也非速成的艺术，相对于个别诗人的一夜爆红，我更信赖他们在时光之慢中，技艺、心智和品格的养成。

# 西秦大地上的诗歌新声

## ——宝鸡中青年诗人作品读记

宝鸡是炎帝故里、周秦文化的发祥地，诗歌血脉源远流长。如果寻根溯源，陈列诗性文化的辉煌及其文本成就，那么，一部厚厚的典籍就会呈现在我们面前。但对写作者而言，或许只取其中一点就已足够，那便是循着古时采诗官的木铎，在个人和时代的双重视域下进行关乎存在的发现和呈示。新时期以来，宝鸡这片热土一如神州大地上的其他区域，随着精神气候的回暖、思想解冻，也迎来了新诗百花竞放的春天。1970 年代末至今，先后有多位享誉陕西乃至全国的诗人从这里走出，他们是渭水、商子秦、秦巴子、孙晓杰、孙谦等，他们不仅以各自不同的写作风格和精神向度标识自我，也间接传递出与这片土地和西秦文化的源流关系。

新世纪伊始，更年轻的一批诗人登台亮相，发出自己的独特音调。如今，十多年过去了，经过持续的诗艺打磨和积累沉淀，他们中的白麟、牟小兵、白立、荒原子、若水、王宝存、柏相等，已成为省内颇具实力或影响力的诗人。当然，还有属于"70 后""80 后"的秦舟、梁亚军等。以群体面貌或专辑的形式，展示宝鸡诗歌的新成就、新成果，在以前有过多次，像2008 年的《长安大歌》、2009 年的《诗选刊》下半月刊、《陕西诗选》（2001—2010）以及《陕西青年诗选》等。这次《延河》诗刊推出《宝鸡诗歌专辑》，既为宝鸡中青年诗人提供了一个展示的平台，又对他们的写作进行了一次集体检阅。这里面，有很多熟人，也有不少新面孔。他们操持的诗歌话语和处理题材、内容的方式不尽相同，成熟度也存在差异，但一个写作群体所凝聚的合力、呈示的整体面貌，依然令人侧目。

乡土记忆、乡村经验和乡村生活的传达，在新时期以来的中国新诗中占了很大的份额。这与写作者的身份有关，也是中国社会急剧转型时期的一份例证。白麟的写作依然稳健，组诗《为母亲立碑》延续他以往乡土书写的风格和特征——感情质朴而浓烈，语言意外幻化，诗味浓郁，让人过目难忘。"为母亲立碑"，已涉及生死，其中的锥心之痛和彻悟，不难想象。那"最后一次/短促地/回望人间"的目光，"一记耳光/常把我从梦里/扇醒"的"巴掌大的村子"，成为内心的情结和生命的烙印。王宝存的诗也传递出浓厚的乡土气息，乡村和自然的意象构成他的诗歌风景，《怡静》《循着鸟声，我试图找到流落的时光》《照耀》等，很能代表他的风格。他说"我的根埋在这片土里/不断朝着湿润的地方移动/露出的部分，推开辽阔/向远方张望"。郁枫的《麦子黄了》展示了乡村生活的场景，《社火》则旨在挖掘一种文化样态与土地的血肉联系。苏龙以"架子车"这个寻常的老物件，牵连出童年难忘的记忆，同时他也有自己的独特发现，"一辆快要散架的架子车/他的疼只是我们没有看见"。尖草的《种祖母》《草一样卑微的老人》，以克制的笔调书写亲情，读来令人动容。薛娅的《喜娃》《干妈》几乎是用白描和纯粹的叙事，呈现乡村人物的悲喜人生。此外，梁亚军的《落叶》、若水的《线》等也属于这类表达，只是在书写方式上有了某种程度的更新或变异。正是乡村生活的经历和经验，成为这些诗人取之不尽的写作资源。

在乡土的边缘，或者说是在城市和乡村之间来回奔波，是相当一部分人的生存状态，也自然呈现在他们的写作中。陈泯的《回家》《院子里的果子熟了》，就真实反映了这种生存状态下的情感状态和心路历程。与此类似的，是一种地域风情式的书写方向，像李宝萍组诗《走过固关老街》、李喜林组诗《古镇与两条河》、闫瑾的《眉坞，有一处玫瑰园》《王家垅之诗》等。这里，诗人将观照和审视的目光从故乡的土地上移开，在足迹所至的地方展开诗意的联想和对话。梁亚军的《九龙山》则以山中寺庙为依托，在更深层面传达心灵的思悟和发现。

当然，当下生活的表达在很多诗人那里，会成为写作的主体。荒原子组诗《纸上行走》，通过日常生活的细节和自然意象的巧妙编织，道出他笔墨人生中的诗意或悲喜，"笔尖上的墨水，相当长的时间/它在流淌，它在搬运/人世的爱、喜悦和悲伤"。秦舟的诗一直延续着自然朴素的书写特征，无论是《谛听》《留守》还是写汶川地震的《痛》，都有很强的现实感和亲切感，但同时他也会把目光转向别处，"那么你们就问问这儿的石头和植物吧/他们一样也是神灵的孩子/他们比我有着更为深刻的眼睛"。伊梅诗歌《买菜的女人》《烟火》等，描写了日常生活的喧嚣和忙碌，难能可贵的是作者在字里行间充盈着乐观情绪。魏娜有着女诗人的敏感和细腻，《七月雨》有这样的奇思妙想，"一滴雨，还会成为另一滴的灵感"；而《喋喋不休的雨》则令人震惊，"雨落在一个手握病危通知书的女人脸上时/有明显的颤抖"。陈朴的几首短诗，写得轻盈随意，诗意和生活的情味不经意地流露出来，而《洪水》却显出某种力度，"村庄有太多的泪水，于事无补/人间有太多的苦水，倒不出来"。苏龙的《霜》通过层层铺陈，最后将重点落在远离故乡的游子身上，不动声色的叙事流露出关怀和悲悯。另外，像方冲天诗歌

《蜗居里的红袖添香》，写得极为有趣，短短数行，就刻画出诗人的执着和生活中的真实情态。杜军智的《月照东墙》具有陌生感和传奇色彩，《秋天的天空》中的"虚无之相"和"挣扎向上的水声"带来诗意的提升。

诗既可以表现为对现实生活的观察、体验和传达，也可以在主客体的碰撞、融合中生成诗意。甚至，有的作品更侧重于主观感受，诗中的物象脱离现实所指，成为具有隐喻性的意象。若水的爱情诗写法不随流俗，富有新意，纯真的情感和刻骨的体验融合在一起，就像他在诗中反复追问的那样："在我身上找到你想要的人了吗？"梁亚军的诗一直保持着较高的艺术水准，他语境透明，诗意清新，却有着抵达存在之真的透彻。《我的朋友》这首诗，也可以看作诗人的自况或自我体认。史凤梅的几首诗，也是内心情怀的表达，她写得自由洒脱，时有唯美的诗行令人眼前一亮："我的内心深藏一片海/左手蔚蓝。右手荒芜。"庄波的《春风帖》等作品，在写法的新颖上也引人注目。

在宝鸡的中青年诗人中，也有一部分专注于诗与思的对话，在作品中容纳哲思或智性元素。牟小兵是一位低调的实力诗人，他的这几首诗均来自诗集《文字长成山川》。他的诗歌最鲜明的特征，在于语言简隽、意蕴丰厚，一种激昂的内在精神带来诗句的饱满和力度。他自觉摒弃了诗歌传达过程中物象翻拍的浅陋方式，倾心于意象的精心营造。他的写作，就是冶炼词语的黄金，思与诗、经验与超验在这里融合。李晓峰的诗也呈现为一种思的特征，他善于从社会和生活现象中提炼整合，为了获取一种真，甚至不惜牺牲惯常的诗意。他的这几首是新作，《时间不过是水的梦》中的思考很有力度，"时间不过是水的梦/不存在什么时间/神的旁边/个个永恒"；《瘦金体》则以特别的语感给人留下印象。武岐省的诗整体上较为生活化，但在他的《秋思》中也有这样智性的表达："冰雪当如火/一定来自遥远的磊落与光明/甚至不带任何杂音。"

在本文最后才谈论作为诗人和诗评者的柏相，缘于他这些新作带给我的巨大冲击、震撼和惊愕。可以说，进行这种样式的诗歌实践，柏相的写作已完成了某种艰难的蜕变。首先，是诗歌体式的变异：排比和铺陈、不断增殖的词语和诗句、恰到好处的节奏和语感。其次，是诗歌空间的扩容：连绵的气韵、阔达的诗境、生活逻辑的颠覆（吃石头）等。还有一点也很重要，就是柏相在当下存在的现场大量引入负载历史文化信息的词语或意象，与宝鸡这块文化厚土实现了更深层次的联结。当然，这种诗歌形态也需要警惕散文化对诗意的冲淡和稀释。

以上，是我个人对《延河》诗刊《宝鸡诗歌专辑》的阅读和观察。不同于1980年代的文学氛围，以及写作者所普遍持有的精英意识和理想品格，宝鸡中青年诗人是在大众文化和消费文化兴起、文学日益边缘化的时代语境中涌现出来的一个群体。在精神层面，他们注定要直面物质主义的挤对，承受商业化的不断侵袭。他们的写作，如何在严酷的生存现实面前保持清醒和自觉，在工业化、城市化浪潮中完成身份转换，并保持必要的纯粹性及理想品格，不断走向深入和开阔，的确是一个需要深思、不容回避的问题。诗人的写作与个人天赋有关，也受制于时代的精神气候，但我们仍希望有更多的优秀诗人从这个群体中脱颖而出！

第二辑

诗歌散论

# 敲开石头捉拿火星的人

## ——胡弦近作阅读随笔

有意义的阅读，是心魂的相遇，是短暂抑或持久的观察、打量、辨识、认同，最终达成赞赏和钦敬的过程。当然，其中还会伴随迟疑、不解甚至冲突。就像诗人面对自己所欲呈示的事物，寻找词与物的结合之时所费的周折。依稀记得，1990年代末甚或2000年代初，我在一份西部的日报上，读到一首有关木头和刨花的诗作，具体内容已经忘却，但语句的轻灵、诗意的丰盈给我留下深刻印象，并因此记住了一个叫胡弦的诗人。此后，在报刊和网络上零散读过他不少作品，领略到他的优异。但像现在，因为要写一篇有关他诗歌的评论而进行集中阅读，还是头一遭。现居南京的诗人胡弦，先后出版过《十年灯》《阵雨》《沙漏》《空楼梯》等诗集。在网上搜索，仅有《沙漏》还有售卖，这也是最近获得第七届鲁迅文学奖诗歌奖的作品，其他诗集杳无踪迹。还是要感谢博客，感谢曾经的博客时代，还存留着胡弦2006年以来的许多作品。借由网上下载的诗篇和获奖诗集《沙漏》，我才得以微窥诗人写作的脉络及其文本呈现。

同时，也难免让人感喟，一位诗人，一位优秀的诗人，他对事物的命名、对语言的创变，在这个物质化时代的反响是多么轻微！其诗意言说的声音，要等多少年才能抵达公众内心，激起审美的涟漪？当然，关于写作，关于时代征候以及审美接受，一如生命存在、生活现场和自然宇宙中的诸多事物，都是诗人需要处理并正在处理的。

# 语言、语调及话语组织

语言是诗人的工具，用于处理自身与万物的关系。但它也会被具有哲学家气质的诗人，或具有诗人气质的哲学家赋予本体论的高度。不管怎么说，语言都是诗人的财富，是彰显主体精神或展现外物的凭借。胡弦的诗歌语言很有特色，语句短缩，质地轻盈，抑或有着万钧之力集于针尖的痛感。细究之下会发现：他的语言是去修辞化的，毫无矫饰之感；口语化的选择，增强了鲜活、灵动和亲切感；书面乃至文言的融汇，则显出书卷气和文化内涵。就是这样，好的诗人从不懈怠对语言的追求，会从不同的话语资源中汲取，熔炼成自己特别的语言风格和话语体系。

《金箔记》是一首寓意深广的诗，其中的"金箔"意象，恰好可以用来比拟胡弦对语言的千锤百炼，以及这种语言的特质——轻盈、闪亮、富有延展性，从而轻易抵达内心和事物的本质。他貌似简洁明澈的语句，却存在陡峭而险峻的内部，思之深邃和语义之丰散发智性之光。诗人在《献祭》一诗中写道："使用最少的字，因为/句子随时需要逃生。"其所传递的，正是诗人了然于胸的语言智慧。胡弦的诗之所以始终保持语言的活力和新鲜度，表面看来，是对陈腐语汇和语言杂质的剔除、提纯，对俗常话语方式、言说方式的变构；实质上，是诗人感知事物、诗思运作方式的更新。而这体现的也正是诗人的创造力。

胡弦的诗歌语言绵密细致、充满哲思，但他的言说语调却是轻声细语式的，"南方气质"很浓，从不以咄咄的气势逼人。

这显然是一种谦逊而睿智的言说方式。如果将一位诗人的精神气质和语言风格归因于地域文化的浸染，似乎并不全面，因为诗人如此道说："无数次围城，河山飘摇，而炉中烟/总是一根孤直，不疾不徐。正是/这些千钧一发的时刻，/教会了你对世界轻声细语"（《沉香》）。这似乎可以作为诗人心性和语音语调特征的另一种解释：在现实生存的隐忍和思悟中所进行的一种自主选择。更进一步，我们还可将他的"轻声细语"看作是一种智慧表达。因为诗人深知人在世界面前的渺小及人性的限度，于是，他接着说："城市服从天象。岁月的真实/来自个体对庞大事物的/微小认识"（《天文台之夜》）。

胡弦诗歌的话语构成看似单纯，实则有多方的融汇。前面也提到，他对口语、书面语以及文言古语的熔炼。具体到作品中，要看抒写对象和特定语境。比如组诗《拈花寺》，就有大量的古典语汇和情境入诗，透出江南的风情和古典之美。而在书写现代生活的诗篇中，剥离辞藻的日常化语汇便是主体。同时，他还会在诗中设置、化解历史文化典故，形成文本的互文关系。而一个最为醒目的标志，就是"嵌入式"语句的运用。常见的情形是，一首诗整体的叙述节奏中，忽然被一个叙述主体不明的诗句或诗节（引号中的部分）中断了进程。当然，其彼此之间是有关联的。这样做，无疑丰富了诗歌话语组织的构成方式，使得叙述视角多元化，为作品带来立体的结构。


## 物的想象和召唤


胡弦正是操持这样的语言和语调，朝向客观事物以及存在的深处探寻。

他的诗不以情感的饱满、真挚为特征，也不以强烈的抒情感染力取胜。相反，他尽可能地剥离诗歌的抒情性，因为他不是一个主观性的诗人，他的眼光是向外走的，取代感染力的是一种极为冷静克制的对事物的洞察力。如果我们稍稍梳理中外诗歌的流变历程就会发现，为浪漫主义诗学所倚重的心绪、情感、个性及灵感，早被现代主义诗人所背离。因此，艾略特才说："诗不是放纵感情，而是逃避感情；不是表现个性，而是逃避个性。"① 里尔克也说："诗并不像一般人所说的是情感（情感人们早就很够了），——诗是经验。"② 结合新时期以来的中国新诗来看，"叙事诗学"发端于1980年代末，于1990年代蔚然成风。诗歌的抒情被叙事所取代，诗歌指向的不再是主观情感，而是外物、人或事件。

当然，作为诗歌的抒写手段，抒情和叙事自古就存在。即使是当下，依然有不少抒情诗人，只是他们在情感抒发的过程中，多了一份审慎，间或融入更为深沉的思考。其实，胡弦的诗歌也存在抒情状态，只不过有意降低了音调和强度，显得细微而疏淡，像《小谣曲》《在春天》《伊犁河，记梦》等。总体上，胡弦采用的书写方式是叙述和呈现，当然也包含叙事性。这就像一个好诗人，绝对不会偏执于口语或书面语、抒情或叙事。他会采取一种综合的方式，进行贴切、有力的诗歌表达。

---

① ［英］T. S. 艾略特：文论《传统与个人才能》，赵毅衡编选，《"新批评"文集》2001年版，第32页。

② ［德］莱内·马利亚·里尔克：《给青年诗人的信》，冯至译，上海译文出版社，2011年版，第93页。

诗歌的处理对象发生转向，可以说，正是自身感官经验的剥离，让物呈现、让纷繁杂乱的存在物展现自身的秩序。在写作中，胡弦排除满溢的情感，从自身抽离出来，实现了对物的静观和发现，《水龙头》《钉子》《秤》《一根线》《绳结》《裂纹》《空楼梯》等，就是这样的作品。这近乎中国古代的"咏物诗"，或里尔克的"物诗"观念；但这类作品要比传统咏物诗复杂、深邃得多。因为诗人在此是以一种哲学式的"我思"状态，进行观照和洞察，相比传统的审美静观，更深入事物的本质。于是，我们发现："水龙头"像一个陌生物，突进我们的视域；"空楼梯"陷入对自己的研究中，在自省的知与未知中反复；而《夹在书中的一片树叶》一诗，既深入物的内部，也探及思维的纤细幽深处，激起的是知觉的旋涡和风暴。

物本身，是具有质感的存在，原初之物联结人的精神。在对物的凝视和谛听中，诗意、存在的秘密显露出来。这时，诗人就是命名者。"这种命名并不是分贴标签、运用词语，而是召唤入词语中。命名在召唤。这种召唤把它所召唤的东西带到近旁。"① 这里，一个有趣的现象就是，胡弦诗歌中的很多物象都有自己的意识和判断，具有主体性——似乎不是诗人在那里言说，而是事物自己呈现自身。这当然与诗人主体性的撤离有关，但也绝非拟人手法的运用那么简单。

或许，对于情感、精神、灵魂的过度关注和褒扬，妨碍了人们对社会、现实、自然等事物的认识；现代艺术转而追求对于物的发现，即令为常识和经验所遮蔽的事物重新向我们敞开

---

① ［德］海德格尔：《在通向语言的途中》，孙周兴译，商务印书馆，2004 年版，第 12 页。

怀抱。这种艺术上的物质主义倾向，并非贬低人的精神和意识，因为"物的深度唯有在人的深处才有彰显的可能"。① 纯粹的"水龙头"，就是这样出其不意地挺进我们视野的，带来新的审美体验和生存经验。

## 存在的揭示及场所转换

诗人据有诗，掌握诗的奥秘，但也需要借助哲学之思拓展诗的空间和深度。诗在某种意义上，不妨说是充满哲学意味的观看。当然，诗歌的"我思"，是一种哲学式的而非哲学的"我思"。诗人之思具有渗透性，与客观事物无有阻碍，甚至具有一种天然的亲密性。诗人在对物的想象中，攫取其中存在的真实。而诗歌面对的并不总是一个个静物，是要呈现事物及其复杂的内在关系。于是，对于物的想象、当下存在、自然山水以及历史想象，便融合为一。

胡弦总是从日常的细微处寻找意象和素材，以感性的具体事物为书写对象。但他并没有停留在生活的浮土层和趣味性的泥沼，而是以具有穿透力的目光打量，发现事物深处的秘密，"星星落在秤杆上，表明/一段木头上有了天象，宇宙的秘密/正在人间深处滑动"（《秤》）。轻盈也是一种力量，微小事物同样包含宇宙之心。正是基于现代诗人智识的敏锐和谦卑，让他放弃了宏大和整体，转而观照日常中的琐屑之物。诗集《沙漏》

---

① ［法］加斯东·巴什拉：《梦想的诗学》，刘自强译，三联书店，1996 年版，第 199 页。

中的题材内容，可划分为三个方面：对当下生存的书写、对历史文化元素的创变、对山水自然的省察。参看最新诗集《空楼梯》，基本上也能得到这样的印象。

在当下生存的书写中，有对《树》《镜子》《影子》《雪花》《风》《卵石》等存在物的智性思考。由于诗人摒弃了主观性，一个个微小之物遂成为"自在之物"，成为容纳深度的空间。当然，还有《梦》《年轻的时辰》《老火车》等略带主观性和抒情性的作品。在当下生存的现场，事物是庞杂的，其内在关系是纷纭的，于是，还有像《夹在书里的一片树叶》《老城区》这样极具包容性的作品。胡弦诗歌的沉思品质令人瞩目，但叙事性也是一种醒目的特质，像《去医院看雷默》《陪父亲住院》中展现的那样。他诗歌的很多标题都带有"记"字，可见他对叙事性的重视。而在另外一些作品中，叙事和抒情的交织，再加上静观和玄思，也是常有的现象。日常生活实际上就是一些人和事件的流体，但胡弦的书写和呈现却是别具一格的。在《蚂蚁》中，我们看不到那种惯常的诗意或琐屑的怜悯；像《冬天的菜市场》这样极度生活化的题材，在胡弦笔下，处处可见智性和洞察力。此外，还有从《一根线》乱麻般内部展现的细节与整体的思考；《钟表之歌》对时间、绝对存在的揭示，给予时间最高神灵的位置；对世道人心指涉的《秤》；讽喻现实的《马戏团》《猴戏》；深入潜意识的《梦中梦》；等等。在这里，自省的"空楼梯"，它的处境就是现代人存在之处境。

与山水自然的对话发生在游历途中，是邂逅的诗情，或者说，是诗人的神思在不同地域、不同事物上的展开和烛照。这种类型的作品主要有组诗《群峰录》《藏地书》《山居笔记》等。毫无疑问，诗人在其中是有新发现的，他甚至改变了人们对"山水诗"的观念和印象——那种天人合一般的浑然、静穆、和谐之境。取而代之的，是现代人面对山水自然时的参悟和省察，一种静穆和谐与尖锐对立之间呈现的张力。我们看看诗人的新发现："近林芝，时有小雨/万山接受的是彩虹的教育"（《尼洋河·之一》），"粒粒细沙，在替庞大之物打磨着灵魂"（《洮水》），"河边的峰峦一旦/意识到它们将被描述，/就会忽然不见。/它们隐入白云，佯装已经不在这世间"。在对物的凝神观照中，物似乎也具有了自我意识，投来同样深情的一瞥。此外像《孔望山》中的家国情怀，《平武读山记》的奇崛和分裂，《尼洋河》《八廓街玛吉小店》《藏人小寨》《玛曲》中的自然人文风情和灌注其中的人间温情，《仙居观竹》中刺痛人心的发现和命运揭示等等，都给人极为深刻的印象。在这些诗中，《春风斩》较为特殊，看似写实的物象，实为生命意象，是主体性孤独的象征。其中，细小与宏大、对峙和冲突、温情与恐惧，彼此交织，透出强烈的生命意味。

同样，书写历史文化题材的作品，也多发生在游历途中。但胡弦的诗与大部分旅游诗已是大相径庭。在出游中，遇见历史、遇见故去的人和物，这时候，诗人展开与他们的对话、追问和省思——以一种全新的视角，应用独我的话语系统、现代人的感知和思维。《传奇——夜读》《讲古的人》《后主》等，从文化传统中汲取资源，以变构的方式呈现出来，令人耳目一新。《博物馆》《青铜钺》《半坡人面网纹盆》的书写，另辟蹊径，不再传递厚重的历史感或文化内涵，而是以静观的方式赋予器物以知觉和生命。而《珠玑巷》《张良洞》《捉月》《古柏》等作品，繁密、细致、精警、深湛，堪比《夹在书中的一片树叶》。而且，诗人的思维已经出离题材和历史境遇的框架，在一个更阔达的空间展开追问和盘诘。比如，组诗《古老的事物在风中起伏》是他的早期作品，从中我们可以窥见语言风格和书写方式的差异性。

如果我们考察诗歌的发生机制，不妨说，诗歌就是在特定场所、空间和时间中的生成。从当下生存、山水自然再到历史想象，只是生命存在的场所、境域之间的转换，实质上也并无不同。而贯穿其中的，是诗人的"我思"及其智慧发现。


## 眺望：向着超验世界


胡弦的诗依附具体可感的事物、实体，总体上是在经验世界的层面运作。但这种运作除了呈现自身，最终指向的却是一个未知、神秘的超验空间。当然，他并没有太多言辞给予这个世界，绝少描画，仅以指示或暗示的方式表达出来。毫无疑问，这是一种恰切的方式。现代文明的一个特征就是"弃神"，更何况是在一个没有信仰基础和神学传统的国度。胡弦在自己的诗学随笔中也写道："对使命感或神性的过分强调，是对人的污蔑。"但这并不妨碍诗人对现实以外的另一个世界的推测或眺望。你可以说，那是天使之国、上帝之城，也可以说是一种虚无的绝对存在，还可以说是诸种神秘事物甚至死者的疆域，或者单纯地认为，只是某种存在物缺席或离场的状态。

《与养猫的人为邻》是胡弦诗歌中少数具有神秘性质的作品。透过"黑暗的信使""虚无""空缺""在黑暗中辨认的东西"等词语和语句的指引，我们触摸到日常和现实的临界状态。《见鬼》《传奇——夜读》《讲古的人》，也有一种神秘性。但胡弦诗歌的神秘性是如此淡薄，让人感觉到他明澈而深邃的语言似乎具有祛魅作用。事实上，这源于诗人对此类事物的清醒认知。神秘性与神性当然不是一个概念，现代社会诸神隐退，诗人也以这样的诗句进行表达："那些曾庇护过我们的天使，/已变成了走过瓦楞的猫，无声无息。"（《葱茏》）在我们缺少宗教性的庇护和依托的现代社会，盲目崇拜显然不可取，但我们也只能独自面对存在的深渊。现代人的清醒里，多了一份可贵的担当。

在另外一些作品中，我们看到那种临界状态的进一步扩展："——那是替不在场的事物/经过我们的蝴蝶，仿佛/已于回声之外的虚无中，获得了/另外的一生"（《蝴蝶》），"它伫立在/对虚无世界的倾听中"（《墙》）。而在《星象》中，诗人写道"——眺望仍然是必须的，因为/老透了的胸怀，嘈杂过后就会产生理智"。这里的眺望，显然是倾向一种更高的存在，一种理想的状态。

此类表达，在胡弦的诗歌中是有多种指向和层次的，虽然密度不是很大，却指示出另一重空间、另一种存在的在场（语言中的在场）。那是我们不能触摸和视听，却能凭借直觉或想象感知得到的超验世界。这种超验性的存在，不是对现实世界的否定，而是延伸。正是这略含神秘性的探测与眺望，扩大了我们生存的物质和精神空间。


## 长诗写作


爱伦·坡在《诗歌原理》一文的开头说："我认为长诗是不

存在的……'长诗'这种说法绝对是一个自相矛盾的用语。"①
他的看法基于这样一个事实：诗之所以是诗，在于对心灵的启
迪和刺激，而诗的刺激在任何鸿篇巨制中都不能持久，时间一
长，刺激的强度就会减弱、衰退，人的厌恶感随之产生。像波
德莱尔等，很多人都持有类似的观点。但我们考察现代诗史时，
会发现优秀的长诗依然存在，像艾略特的《荒原》《四个四重
奏》、帕斯的《太阳石》等。新诗潮以来的中国诗人，北岛、杨
炼、欧阳江河、海子、骆一禾、西川等，都不同程度地专注于
长诗写作，其中也不乏精品。无论如何，写作长诗都是对诗人
才华和耐力的极大考验。

　　现时代，是一个没有中心的碎片化时代。马拉美诗学的
"断片"理论，在胡弦这里也产生了回声，"比起完整的东西，
我更相信碎片。怀揣/一颗反复出发的心，我敲过所有事物的
门"（《嘉峪关外》）。同样的，胡弦也把这种认识贯穿于自己
的诗歌实践中，尤其在他的长诗里。目前，胡弦先后创作的长
诗就有《劈柴》《雪》《葱茏》《寻墨记》《沉香》《蝴蝶》等多
部。无一例外，都是片章式的组合联接。在对长诗的存在不乏
质疑（尤其是靠情感推进的长诗）的当下，片章式联接的一二
百行篇幅的小长诗，不失为一种稳妥的创作方式。

　　相对于短诗，在题材的集中书写、意境的延拓、内涵的深
化等方面，长诗的优势是毫无疑问的。要在极短的篇幅内完成
对它们的指认和言说，几乎不可能。胡弦的长诗，有很多可供
探讨的话题，需要更多笔墨。但在这里只能挂一漏万地简单概

---

① ［美］埃德加·爱伦·坡：文论《诗歌原理》，曹明伦译，收
入《爱伦·坡精品集》下卷，安徽文艺出版社，1999 年版，第 675 页。

括：一把劈柴的斧头，一把锋利的思想之斧，在现实和意念深处游移（《劈柴》）；在对雪的色识和形辨中，达到对时代的指认（《雪》）；通过一片葳蕤的林木，表达了对生命、存在和时间的形而上思考（《葱茏》）；在当下生存的种种境遇中，寻求传统文化因子的可再生性（《寻墨记》）；来自嗅觉的香息是一道隐秘的伤口，来自历史的记忆和现实在此重构（《沉香》）；相对于《空楼梯》的静置，灵动的《蝴蝶》有了更多的线索和可能，片断化特征也更为明显。需要进一步说明的是，这些长诗和短诗在写作的指向性方面是极为密切的。比如，《葱茏》对应的是那些书写山水自然的作品，不过更为集中和深阔；《寻墨记》与《沉香》对应的是历史文化类型的书写，只是多了一些现代生活场景的变奏。这些长诗和短诗对于诗人整体的写作构架而言，完全是统一的。

长诗的写作，反映了诗人的雄心，更是实力的展示。胡弦在不同的写作阶段都不曾放弃这种尝试，显然是与自己角力，也是语言与存在及其生成性之间的角力。当然，探索的成效也非常显著，相信读过这些作品的人，都会在一个强大的语义场、深邃包容的诗意空间里流连忘返。


总体看来，胡弦的诗歌面目清新、简隽，但内部盘诘、充满思辨的张力。这样一种语言的形态，恰好包容了现代人更为复杂的意识和经验。诗人掌握一把词语的篾刀，轻盈而精准地劈开事物，呈现事物内部的构造和细致纹理。在这一过程中，繁复的修辞成为抵达事物、迫使事物敞开的阻碍，语言篾刀也剔除了自身多余的部分。"像一枚鸟蛋，我离自己的/声音还远。/但我已提前学会了谛听，知道了一些/即便开口，/你也永远无法说出的内容。"（《鸟鸣》）诗人是谦逊的，也是睿智的。事实上，他早已发出了诗歌的独特音调，写出了以平易事物显露神性、以流逝之物呈示绝对存在的诗篇。

胡弦的诗歌既有现代主义的智性风格，又有着意义的"悬搁"与"互否"等后现代特征。他是在不同场所、不同境域展开"思与诗对话"的诗人，在"经验贫乏"的时代，带给我们新的体验和精神战栗。"一个莽汉手持铁锤，/从青石和花岗岩中捉拿火星"，这是诗人在短诗《洮水》中的表述。然而，胡弦并非莽汉，他是一个身手敏捷、手艺精湛的语言工匠，不断地剖解事物，捉拿诗与思碰撞的火花。

# 人生里外，山上山下

## ——读大解组诗《太行山下》

太行山，一座绵延数百公里的雄壮山脉，在多数诗人那里，很容易成为讴歌、赞颂的对象，或某种情感、精神的象征之物。而在诗人大解这里，情形显然不同。大解的太行山，没有云遮雾罩的神秘，没有移情作用带来的遮蔽；它是清晰的，带有更多的实指成分。

一座有着巨大体积和高度的山脉，在它之下，铺展开来的自然是旺盛的人间烟火。如果这其中带有某种暗示或精神指向，那么，在这里展现的就是另外一个向度。

在我的阅读印象中，大解的诗歌是浸染着神性的。但他的神性不是那种威严的令人惊惧、战栗的神性，而是亲切的可以和俗世生活勾连、交通的神性。如组诗《太行山下》，这种神性就更多地让位给尘世生活和此在的人生，而且写得诙谐幽默、趣味横生。像《香椿树》这首诗，短短七行，读后让人忍俊不禁：

> 香椿树不足一把粗，她稍一用力，
> 
> 就把它扳弯了，摘光叶子后才肯松手。
> 
> 小树弹回去，又弹回来，顺便抽了她一下。
> 
> "嘿？你还敢打我？"
> 
> 她有些怨怒。
> 
> 见我在一旁，她又笑了。这个老太太，

脸大，肉多，笑起来浑身都在颤动。

在这组作品中，大解显然不是抒情诗人的状态，诗歌中呈现的东西自然也不能用通常意义上的"诗意"来概括。他是在描写，在叙述，在呈现。他的语言有明显的"去意象化"和"去象征性"特征，并且剥离了繁复的修辞和装饰性成分，提炼出"绚烂归于平淡"的清浅和灵动，呈现为平易、亲切的诗歌表情。抒情主体抽离的结果，就是让纷涌的事物呈现，让事物用自身进行言说。这是一种还原，还原生活真相，还原生命本来的面目。我们不妨再读几句诗：

> 超级胖的饭店老板娘一直在笑，她的幸福，
> 都体现在肉上。在太行山下，一百米长的路罗镇，
> 正方形的人不多，倒是一些细如柳丝的女子在风中摇摆，
> 让人不安。

——《路罗镇》

抒情诗人或许致力于情感的真挚和精神上的超迈，希图营造超强的感染力，对于此等鲜活有趣的生活场景往往是忽略的。而这就是此在的生活，构成我们唯一的实在，也只有对世界充满爱意的人，才会悉心捕捉。就像诗人在诗歌中表述的："我不止一次说过：这世界太美了。"

当然，诗歌不能仅仅停留在诗意和趣味性这个层面，它还得有更深的内涵，更明确、更广阔的精神指向。事实上，大解也并非一个"生活化"的诗人，他有极强的"边界"意识，他

不仅在生活里面耕耘，还看见了生活的外面，探测到了一个更大的存在。

> 高速公路上摆起一溜红色警示桩，
> 汽车都在减速，
> 一个警察在指挥，另一个愤怒地指着远方。
> 顺着他手指的方向看去，一个人骑在太行山上，
> 似乎要逃离人间，又被乌云拦截，
> 在去留不定的北方。

> ——《看见》

这首诗很有意味，写实之中混杂着奇幻的超现实成分。一个骑在太行山上、去留不定的人，是怎样的一个人？缩小了的太行山和放大了的人之间，凸显出令人惊异的艺术效果。

这组诗作中，类似的表达还有很多，从具体、实指的生活细节衍生出变了形的、意蕴深藏的生命情境，像《消息》《登太行》《经历》《心事》《夏日》等。而这些诗句，"我只是在人生的外面转了一圈""走出这苍茫的人生""从容地接住了来自天空的圣旨""看看黑暗的魅力"等，无不展现了生活和人生的外面，或者说是扩大和丰富了的生活和人生。组诗最后一首《旧人》，更是展现了综合写实、趣味性、陌生化处理、变形、超现实等诸种特征，令人过目难忘。

大解的精神世界和诗歌世界，就这样从具体可感的生活细节和场景中拓展开来，立足此在，立足实在，最终闪现出超越性的品质。他窥望和探测着与这个世界、人生及人性毗邻的、

未知的区域，边界以外的东西。神、上帝的频繁出现，用意是明显的，但有时又带着调侃意味。他有"再造一个我，重写神谱"的雄心，却仍是谦逊而自明的，"我深知此生已老，原罪加身，/却依然渴求获救，做一个疲惫的归人"。自然，神性不是对人性的拒绝和否弃，相反，它是丰富和完善了的人性。

如果说人生的里面和外面是拓展了的生命存在、一个横向坐标，那么绵延高耸的太行山就指示了精神的标高、一个纵向坐标。一横一纵构成的立体空间，为人之存在划定了广阔的疆域。文章开头尽管我也说过，大解的太行山带有更多的实指成分，但通读组诗，我更愿意将它理解为一个虚化的象征。正是众多事物的涌现，"山上山下"的相互依存和映衬，展现了人的生活层面和精神层面的全部。

当然，对一位诗人的综合评价，有赖于整体性的阅读和深入细致的分析，这组诗歌所呈现的也仅是他整体性写作的一个微小侧面。

# 经验世界的锻造与雕刻

## ——读秦巴子诗集《此世此刻》

  无论在陕西还是全国范围，秦巴子都称得上是一位实力诗人。过去是，现在依然是。但他并非只写诗，你若读过他的随笔，便不会拒绝承认：他同时也是一位优秀的随笔作家。21 世纪以后，秦巴子将写作的重心转移到小说上，或许这种综合性的叙事文本，能更好地承载并丰富地表达他对社会和人生的认知。由文本层面来看，秦巴子同样无愧于优秀小说家之名，大家津津乐道的《身体课》等，就是证明。他心目中的"伟大小说"正在酝酿，或已付诸实践，也未可知。

  如果有一天，他索性将键盘弃置一旁，将内心宏大的构想弃置一旁，即使我们不明原委也不可能责备。

  秦巴子出版过多部诗集，2017 年由太白文艺出版社出版的《此世此刻》，收录了他各个阶段的代表性作品，勾勒出诗人四十年诗歌写作的面貌和轮廓，并呈现了其中最为精彩的部分。"此世此刻"，单看书名，我们似乎对他的诗写路径和观念，甚或处世态度，已然有所领悟。对于我们而言，"此世"是唯一的世界，"此生"是唯一的人生，而"此刻"作为一条路径或一个切口，既可指向过去也可指向未来。拥有"此刻"，无尽的光阴才有赎回的可能。

  据此，我也猜想，对于神秘虚幻、不可知的事物，诸如"彼岸""往生""来世""乌托邦""梦幻"之类，诗人一定缺乏信赖和热情，因而也拒绝为其派发词语。立于"此世"，注目

"此刻""求真"，应该是秦巴子首选的诗学要素。

诗人二十来岁时的早期作品，不免受到那个时代某种诗歌类型的影响；但语言的简括、意象的鲜明，以及立意和构思的新颖，一直延续到很多年后。《刀》《绳》《盐》，依据事物的外在形态或独有的物性展开联想，联结更多与此相关的事物及其特征，而后删繁就简，提炼出精警甚至不乏悖论的诗意形象和诗性内容。将人完全剥离出来的《空衣服》，恰恰又紧贴人生并呈现了其中的负累和虚无，诗歌形象与写法让人侧目。这些都是他三十岁左右的表达。应该说，《中药房》是这一时期的集合与大成。在药房和人世、疾病与生命之间，千头万绪，种种境遇和细节、必然与悖谬……都被压缩在四十来行的文字空间里。"中药房"有写实成分，又带着譬喻性质，甚至还有些许莫可名状的象征性。它将我们吞进又吐出，最后说出的是让人醒悟抑或不寒而栗的真相，"一切活物都有疾病/一旦死去皆可入药"。

不得不说，秦巴子是早慧的，又是老成的。作为一种普遍性的发生状态，"青春期写作"会在多数诗人那里留下烙印，至少带有痕迹。但秦巴子这一时期的文本以其语言的老辣和认知的深刻，几乎否定了那种可能性。

如果说《中药房》和《麦地上的风筝》，在绵密、综合的文本空间还不可避免地表现出意识和闪念的拥挤、语言的虚迂应对，那么此后更多的作品在词与物的关系认证上就果断了很多，确凿了很多。像《绳子和马头》《二胡或古都》《雪夜凿冰取水》等，将情感与智识隐藏起来，用鲜明的意象说话；《立体交叉》《废都》等，有着对城市生活以及时代内涵的深刻洞察与思辨；而《带电作业》《面具商店》《枪手归来》等，既有现实感，又有现实的变形，甚至超现实的荒诞。还有《书籍的状态》

《废墨》，不乏对语言以及书写行为本身的反思，并展现了时代语境下种种惨烈的境况，语言的真理也包含着"语言的黑暗"。这些诗人四十岁以前的作品，其成熟度和风格特征已相当醒目。语句简短，却如精心锻制的铁钉，闪着锋芒，楔入事物的内部；又如焊接的钢管，蕴涵并释放着自身的果决与重力。这些技艺精湛之作，是诗人运思的结晶，也是语言之花、语言的肋骨。

21世纪头十年，秦巴子尚延续着以往的创作路数，像《雕像》《现实一种》《身体里的城堡》等都是很精湛的作品。十年以后，他陡然转身，毫无怜惜地将他运用自如的意象以及相应的修辞策略从语言中驱离，带有譬喻性质的意象被日常生活中实实在在的物象所覆盖，大部分诗作近乎完全写实。当既往的诗意和美感被放空，也就意味着语言要舍弃冗赘的行头，裸身奔走——也恰似将舞蹈变成走路。这个时候，诗歌又如何成其所是？新的诗意该会如何产生？

秦巴子的"中年变法"不会是一时的冲动，很可能筹划已久。而且，若没有一些看家本领或特技，就会陷入自设的尴尬和被动。《小春天》是小的，这种细小粘连并贯穿众多事物的小，扯出一个线头就扯出了一团锦绣。结尾"地震的大"，是翻转是比对，产生阅读的震撼。《特护病房实录》够具体够实在，遭逢这样的场景，相信没有人会无动于衷。而最后"另一扇门打开/白色的雪花/飘了进来"，这样的诗化与前面实录的衔接并不违和，反倒十分融洽。《神马》超级写实，又十分奇特，称得上是虚实结合的典型。就表达效果而言，《此世此刻》中的悲悯没有丝毫的做作，《呐喊》中小男孩的童真，竟可以简单到"王梅梅，下来玩"这样的呼求。就是在一些更直白的叙述或叙事情节中，我们也能发现和感受到那种语言纹理的细密紧致以及层次的丰富，以往幽深的诗境和浓郁的诗意氛围消失了，粗粝的生活本相裸露出来。叙述以及叙事的技巧，幽默感乃至反讽、戏谑的口吻，重构了生活之诗的驳杂丰饶及其美学趣味。

通读诗集《此世此刻》，仅凭感官也能发现，上编的"新意象"和下编的"新世纪"在诗歌面貌上的巨大差异。当一种写作范式达到自身的成熟与诗性的饱和，墨守成规、自我重复，就只能是死路一条。所以说，秦巴子的"中年变法"不仅必要，也事出必然。对他来说，无论写什么和怎么写，"求真"始终是目的，方法当然可以随时调整。他注目经验世界的一事一物，不浮夸不虚无，精心地提炼、铸造、雕刻、打磨，出示了这个时代优秀的语言匠人的手艺和创造性。

# 返乡途中的诗意和人生

## ——《和谷诗集》阅读随笔

在当代文坛，很多人的写作生涯是由诗歌开启的。无论古典诗词还是现代新诗，都是诗歌带给他们良好的语感、把控叙述节奏和结构文本的能力，并持续影响到其他文类的创作。我们熟知的小说大家路遥、贾平凹、高建群、杨争光、红柯、程海等，最先都写作诗歌，有的出版过诗歌专著，有的时为陕西诗坛重要诗人。以报告文学和散文驰名文坛的铜川籍作家和谷，也是其中一位。起初他痴迷诗歌，在各大刊物上发表作品，出版诗选，继而转向其他文类的创作，赢得更高声誉。

诗歌，之所以成为这些作家文学实践的首选，不是一个偶然现象。也不全像有些人说的那样：诗歌短、平、快，易于操作，是文学中的"轻骑兵"。诗歌最大的魅力，在于纯粹赤诚、自由无碍地洞穿心扉，联结社会世相、自然宇宙。诗意，是其可靠的辨识尺度；诗性，是其本质意义上的提取。和谷的文学创作，诗歌虽仅占较小的份额，但几乎延续一生，很能说明诗歌的魅力以及在他心上的分量。

的确，对于很多人来说，诗歌如初恋。甚至，进而发展为一种情结，深藏并内化于他们的生命。

2020年初，在铜川诗人宋义军家里，见到一本颇具年代感的"陕西诗选"。确切地说，是陕西人民出版社1979年出版的《陕西三十年新诗选》。里面就收录有铜川乡党和谷老师的作品。本以为各类"诗歌选集""年度诗选"，是近些年兴起的事情，想不到过去年代已有这样的"创举"。收到新近出版的《和谷诗集》，我很快找到了那两首诗：《竹》和《磨盘的传说》。这两首诗描写红军战斗的生涯，或抒情或叙事，简单明快，带着那个年代特有的印记，洋溢着一种豪情。1972年发表的《早出》，以人物对话的方式，描写了村民们的生活场景和精神面貌。1974年发表的《访英雄》，诗歌形式借鉴陕北"信天游"，表达了对老红军、老英雄的由衷赞颂。这些创作于1970年代的作品，不免带有政治宣传和意识形态的烙印，却是时代特征的真实记录，刻画下诗人精神成长和写作演变的轨迹。

借着改革开放的春风，神州大地的精神气候开始回暖。1980年代，和谷也迎来了他诗歌创作的"井喷期"。一大批语言质朴、情感饱满的作品涌现出来，像《高原脚夫》《黄河咏叹调》《延河》《无定河》等。这些诗，从西部壮阔的山川地理或淳朴的乡风民俗中取材，带有"西部诗"的典型特征。像《高原脚夫》中的诗句，"我的歌流泻于生活的旅途/和着铃铛和清风的音浪/撞击着高原/这架古老的竖琴"，《黄河咏叹调》中，诗人如此写道，"你曾有过含而不露的性格/因受阻于诸多的山脉/而显示暴戾的野性/挽巨澜于奔雷的壶口/挂云帆于历史的断层"。组诗《煤都》，是诗人献给故乡铜川的赞歌。曾经的煤城，已成为个人记忆和时代历史的一部分。当我们重温诗人定格下的画面，那浓郁的生活气息又扑面而来。且看诗人如何描绘煤城特有的黑色："黑葡萄酿制的酒浆/黑色的马群掠过黎明的原野/黑色的琴键爆出交响诗的强音//萤火虫打着灯笼想去赴约/旅船在黑色的海上呼唤灯塔/黑土地上盛开五谷与各色野花。"对于矿区的早晨，诗人这样抒写："看哪，星与灯都融化了/涂抹一个乳汁似的活鲜鲜的早晨。"

不同于地理风俗的豪迈书写，和谷的爱情诗被赋予委婉幽深的韵致："上弦月是我下弦月是你/月光夜夜来临……钟与泪同时敲响/心的红豆/坠入梦的瓷坛了。"（《相思》）还有，《我的信》中"美丽的债"，《月梦》中"月光可以用重量计了/泪水可以用刀斧凿了"，《西丽湖意绪》中"情书是一封死信"，以及"诗因在行窃/窥探梦幻中的真身"。爱情诗打探内心柔软的角落，因绮丽的梦幻而摇曳生姿。

这一时期，和谷的诗歌创作，仍以现实主义的理念和方法为主导，注重从现实生活的土壤汲取营养、提炼诗意，或是在现实主义文学观的基础上融合西方现代派写作技法，呈现新颖别致的诗歌形态。

1990年代初，四十岁的和谷南下琼岛，前后有八年之久。就像《旅岛意绪》中所写，"南方之南/迟到者是一个移位"。九十年代，他的诗歌创作锐减，散文呈现丰收态势。诗集中筛选的几首，除了深情歌唱"红土椰林绿岛"，对远在天涯的故园和亲人，也寄予了浓厚的思念。2000年从海岛归来，有了《世纪末诗钞》。其中的《牌友》，语言简洁省净，生活滋味和对人生世态的了悟，灌注其中："从海南回来/又与老友约牌局/说一个死了/另一个病了//孤岛一缺三/故地三缺一/一归来了/牌桌却少了两条腿……牌友失散了/断了嗜好或恶俗/仍然天各一方/一切真的是和了"。

《锄头与鼠标》发表于2010年，其时，诗人已从古城返乡，在老家造屋、植花、种草，过上了现代的耕读生活。他为红苕写诗，为辣椒写诗，倾心于乡村生活的质朴和实在。可以想象，他拿着镰刀或扛着锄头，走在故乡南渠的沟沟峁峁，与山鸟对话，与草木对话，与远逝的灵魂对话，并不时地发问："我这四十年都跑到哪里去了?"诗人的现代耕读生活,在我看来,不同于陶潜,不同于梭罗,他是用回归弥合生命中的裂痕和时间的断层,是向回忆讨要存在。

而这存在,联接了以往,又具有当下的性质。一种现代意义上的诗意的栖居,与世俗红尘并不割裂。

果然此后,和谷不仅写一些散淡的生活诗,还向民歌、古典靠拢,与一些文人雅士酬答唱和。其意已不在诗文本身,而在一种生活态度。《一只白鹿在原野上游弋》和《树欲静》是近两三年的作品,再一次显示了和谷在新诗上的追求和功力。前者以生和死、春夏秋冬的自然时序,将作家陈忠实的一生和他的《白鹿原》世界,丰富而深刻地展现出来。组诗构思精巧,形式不拘一格,书写挥洒自如。后者驳杂而幽微,诗人的人生经验和内心情感在其中若隐若现。

《和谷诗集》读完了,而诗作为诗还在行进着,被不断书写着。

那个满怀梦想和渴望,从故园出走的少年,而今满头白发地回来了。这还是当初那个少年吗?这故园还是当年那般模样吗?一切尽在不言中。裂隙和断层需要填补,返乡之途,即是诗意回归和栖居的旅程。对诗人而言,眼下正是好时节:稻麦金黄,果子熟透。于是抱着"一蓑烟雨任平生"的豁达,风轻云淡地回顾自己的诗意人生:"穿越审美的沙漠,伫望于灵性的海蓝中,复归故园千年不竭的鸟鸣,终是未能拥抱理想王国的诗神,只是宽慰了自己平生的情感而已。"

# 一幅精神肖像

## ——读耿翔组诗《坐在椅子里的鲁迅》

20 世纪的中国，鲁迅无疑是一个巨大的存在。他在现代文学史、思想史乃至文化史上的地位和贡献，以及深远影响，都是绕不开的话题。鲁迅的遗产，俨然成为可供后世持续挖掘、深度汲取的精神资源。在不同的历史时期，如何评价和认识鲁迅、传播和弘扬鲁迅精神，一直是鲁迅研究专家、文学史家们孜孜不倦探讨的课题，文献资料与研究成果浩如烟海。如果说学界的事情过于谨严和宏大，那么我们今天通过重新阅读鲁迅的作品，把握其思想、人格的闪光之处，无疑是可行的。而一份感性的认知，或许有助于拨开意识形态与价值判断的迷雾，将一个被标签化、符号化的鲁迅，还原至真实。

鲁迅先生一生塑造了很多经典的文学形象，而他本人也经常在各类文艺作品中现身，成为文艺家着力刻画和塑造的人物形象。诗人耿翔新近创作的组诗《坐在椅子里的鲁迅》，就是这样一部围绕鲁迅展开的诗性读本。可以想象，言说和书写鲁迅，绝非易事，需要做很多功课：研读作品，掌握鲁迅文学创作历程，洞悉鲁迅思想的深度及前瞻性，熟稔鲁迅的生平、生活细节以及情感状态，等等。而且，没有岁月的历练打磨，不具备洞察社会、人生、人性的能力，是很难读懂鲁迅、走进他的文学世界和精神世界的。于此，诗人耿翔显然下足了功夫，做好了准备，他说："从最初懵懂地读鲁迅，到第一次写鲁迅，其间的时间跨度接近五十年。"

《坐在椅子里的鲁迅》这组诗，有 20 首之多，甚至还有进一步展开的可能。这对以组诗、大型组诗、长诗为书写特征，擅长结构和布局的耿翔来说，显然驾轻就熟。当然，经历一番深思并找到合适的切入角度，也是毫无疑问的。在组诗的整体语境中，由于采用了"第二人称"的叙说方式，就将有关鲁迅的言说纳入一个亲切的对话性结构中。这里呈现的，不再是一个高高在上或遥不可及的鲁迅，而是一个和你面对面娓娓交谈、坐在椅子上的鲁迅。首篇《你的文字是一副中药》，诗人这样开始他的言说，"一位小个子的人，你消瘦的身躯/能在消瘦的大地上，留下怎样消瘦的/影子，只有你知道"。简笔素描的鲁迅形象，暗合了当时的社会现实，同时又表现出了诗人深切的理解与忧思。"你的文字/是你下给，病中的大地/一副很猛的，中药"，这是对鲁迅作品强烈的现实和批判特征进行的诗意概括。

　　第二首《真正的泪水是红的》，稍稍将笔宕开，写到父亲的坟，母亲的眼泪，"时间让它/凝固成一颗，血一样的琥珀"。这是在"文字之外"为母亲积攒的泪水，让我们看到与鲁迅生死相连的亲人们的隐痛。"看见母亲的伤逝，和你看见的/人间的伤逝，一样深重/也一样猩红"，由个人命运推演至时代命运，悲悯者的内心痛苦却博大。紧接着是《因为吞下你的文字》，"你的心里，烙满了血字/你的心里，也烙满了悔恨""因为吞下，你的文字/那么多有血性的年轻人，赶在黑暗里/扛着青春赴死"。这首诗为我们呈现了一个自我怀疑和反思的鲁迅形象。《需要你坐在椅子上》则通过一些生活细节进一步凸显鲁迅形象，并呼应组诗的题目。椅子是具体的日常的，坐在椅子上也是鲁迅沉思和工作的基本状态。"需要你坐在椅子上"，就是需要鲁迅继续写那些"为正人君子之流所深恶痛绝的文字"。当然，这里的椅子，诗人也进行了诗意的抽象："坐在一把，像生铁/一样冰冷，也一样炙热的椅子上""一把活在，文字深处的椅子/一把安放，国家精神的椅子"。

在接下来的几首诗里，《欠被毁的朱安一个笑》《娶的是母亲的眼泪》《她没有力气为你赴死》，为我们展示了鲁迅高大形象的背后，那个瘦小的旧时代女人的悲剧。同时，也揭示了鲁迅婚姻生活和性格心理不为人知的一面。鲁迅是时代偶像，也是一个有血有肉的人，是朱安口中的"大先生"。他面对亲情和封建礼教之间的撕扯，也会做出妥协、让步。因此，娶了朱安，实际上"娶的是母亲的眼泪"。"这处婚姻的，乡戏/让最恨地狱的你，为一个活着的女人/制造了一座，可怕的地狱"。诗人显然并不偏袒鲁迅，而是站在朱安的立场还原事实的真相。甚至对于热爱和崇敬的鲁迅，也不乏温和的责备，"一生捍卫自己，你不欠谁/就欠被毁的，朱安一个笑"。与此形成鲜明对比的，是对许广平的书写，"只要这世上有你/她就带着，一脸安心的微笑坐着/因为太阳，会照在她的身上"。的确，许广平是鲁迅生命中的一抹亮色，但朱安带来的影响无疑更大。就像陈丹青所说的："正是朱安，使鲁迅体味了封建礼教对人性的压抑和命运的荒诞，断了他的后路，刺激他与传统彻底决裂，一往无前、义无反顾地反抗封建礼教，与命运进行绝望的抗争。"

从鲁瑞、朱安、许广平那里读鲁迅，是一种角度；从闰土、周作人那里读，又是另一种角度。闰土是小说中的人物，但有现实原型，他是旧时代穷苦农民的典型。对于闰土投注的深情，不仅仅是因为"一个人的悲伤"或"一个人的冷漠"，更是"怀揣/不安的中国，你像看到了/所有人的下场"。"或许，是闰土脸上的/皱纹和眼泪，让你把更犀利的文字/刻满那时，还很黑暗的天空"。而在弟弟的眼中，"你这是流着/身上的血，在为孤苦的人/挑水、劈柴、做饭"。但弟弟无疑是真诚的，他大声疾呼，"大哥，你的血要流到什么时候/叫你一声，一片山河也破碎了"。从不同人物的视角观察和解读鲁迅，让我们看到一个丰富立体的人物形象，同时也感受到"我以我血荐轩辕"的赤诚和决绝，"那个年代，让你活得像个古人/结绳记事，用的却是自己的血"。

《你也有沉默的时候》这首诗，我们读到鲁迅深深缄默的原因，也读到诗人的深切领悟，"呐喊，是对你最大的误读/但你不会，背叛最后一滴血/那是留给，青年的粮食"。《只想逃回到坟墓里》，为我们模拟了那个特殊的年代、荒诞的岁月，面对"一个走了大样的天堂"，鲁迅可能的心理和反应。《与椅子的作战》的出现，让椅子这个意象再次呼应主题。这仍是一把伏案写作、沉思抑或远瞩的椅子，"很长的日月里，你用/一身瘦硬的骨骼，加上瘦硬的文字/坐烂了，一把竹子做的椅子"。然而，对待椅子的态度却发生了改变，"你想挣脱，一把椅子的束缚/你想迈开，走上街头的步伐/你想挤进，你的学生的队列"。写作的有限性，让写作者渴望着实践和行动。

《你不忘对奴性下刀》，再现了鲁迅对国民劣根性的剖析与批判；《你没法跟屠夫说话》，表现了对"吃人的现实"所持有的激烈态度。《一把燃烧的椅子》，让椅子这个意象再次出现，达到炽烈的顶点。这是一把"你以为坐满了/罪恶的椅子""在你的眼里，椅子是你一生/要用文字的火，烧掉的东西"。原来，椅子在这里发生了意义的偏转，成为权力的象征，也是鲁迅极力挣脱的对象。组诗最后一首是《你给世界留下一把骨头》，重现了鲁迅弥留之际的意识和心愿。"你给世界，留下一把骨头/

一把很瘦，也很硬的骨头"。的确，鲁迅的思想人格是民族精神的钙质，一份丰富而珍贵的遗产。

至此，经由诗人耿翔的书写，我们看到鲁迅先生光辉的一面，真实的一面，思想人格、情感世界的不同侧面。这是诗人饱含自己的情感和认知，为先生绘制的精神肖像。为了绘制这幅肖像，我们看到诗人的文字也变得惨痛和激烈起来——深入人物烧灼的内心，挺进时代的暗夜。书写也是重新经历，想必在这个过程中，诗人一定有颇多的感慨和收获。二十一世纪的今天，还有很多人愿意重读鲁迅，获取珍贵的精神营养。因为他们知道，时代需要鲁迅，而鲁迅也并未远离。

# 自由表达与精神回馈

## ——读刘新中组诗《寻美，铜川之恋》

　　《寻美，铜川之恋》，是刘新中老师 2019 年年初所写。许久不见他的新作，这组诗的出现让人欣喜。写作不带有功利色彩，"有感而发"便能忠实于自己的真实感受，并自觉剔除表达上的刻意或虚饰成分。于是，我们看到，自然而然的诗意流淌中有一种真、一种寻思的审慎。不同于诗人早期作品的那种雄浑和力度，这组诗呈现出一种自由洒脱的言说语调、轻盈透彻的语言质地。当然，这轻盈的背后埋藏着深沉，那是情感的浓烈、对事物的深刻领悟。只不过，诗人将其咀嚼、消化、吸收之后，以一种不加修饰的明澈语言进行了娓娓的叙述。

　　这些年，铜川被誉为"好人之城"，组诗第一首就是《关于好人》。这首诗并没有对哪个"好人"具体言说或称颂，而是将"好人"精神以诗歌特有的方式形象化地传达出来。《关于力量》和《关于井架》，则是对铜川这座曾经的煤城的精神内涵的品味和把握。接下来的诗，如果细数抒写对象，我们就会发现诗人在选材上的匠心。"溪山行旅图"、玉华佛灯、宜君长城，是这块土地上能够彰显历史深度的几个意象，也可以说是几个文化符号；落星塬（新区）和照金这两个地方，一个展示了城市转型发展的活力，一个延续着血脉中的红色基因；朱鹮的放飞，与生态环境的好转有关；而大樱桃，则涉及农业产业的发展。此外，还有对瓷韵的解读，对风——铜川人性格的形象描述。

可以说，这组诗的 12 首分别指涉了铜川社会、经济、文化、生态、旅游等各个方面，以点带面，一个整体性的构架显现出来。而这样的题材取向，在很多作者笔下会成为"颂歌体"或"主旋律"的书写样式。但这组诗显然自有高格，它以一个个具有代表性的事或物，从不同侧面书写、重塑这座城市的完整形象，挖掘城市精神的深刻内涵。而且，一般来说，一个功力深厚的诗人无论书写什么题材，都不大可能出现艺术品质滑坡的现象。

正如组诗的标题《寻美，铜川之恋》，这美，是美的事物，也是诗歌应该葆有的美学品质。诗人寻美的动机，源于"铜川之恋"，源于对这土地的深情厚谊。土地的博大滋养了人，人也在以自己的方式回馈土地。而写作，就是这样一种精神的回馈方式：以丰盈的诗意，以美，以自由不羁的创造精神。

# 艺术精神的传递与回声

## ——读黄明诗集《我的瘦哥哥梵高》

言说梵高是困难的。他卓越的艺术才华、光芒四射的精神强力，以及充满悲剧色彩的命运走向，令人景仰也令人悲戚。理解梵高，深入他灵魂的极地，需要越过许多认知障碍。言说梵高，无论选择哪种角度和方式，都会是一个沉重的话题。然而，这份沉重阻止了任何形式或意义上的草率、鲁莽以及轻浮，让我们也能如他本人一样，以近乎笨拙的赤诚态度，思考艺术和人生。梵高对后世影响巨大，不仅体现为艺术批评家和艺术史家的高度评价，更在后辈同行绵延不绝的精神呼应中。他和他的绘画，有哲学家阐释、文学家论说、无数的诗人写诗致敬。而在社会大众的心里，在不同的认知层面，也都有自己理性或感性的积极回应。总之，梵高是我们无比疼惜和热爱的人，一位红头发的瘦哥哥，精神上的血亲。

黄明新作《我的瘦哥哥梵高——梵高名画 120 幅解读》，呈现在我们面前的，是一部中英文对照、图文并茂的诗歌集录。每一首诗都配有梵高绘画原图，以及梵高书信的摘录或评论家的点评，这显然有助于读者理解诗歌，同时也能把握画作的主题或寓意。反过来说，读者也可以通过欣赏画作，熟悉梵高和评论家的观点之后，清晰感知诗人诗性阐释的力度。阅读这样一本书，读者的目光会长久驻留在诗歌、绘画和艺术观点之上，并且在一个更为阔大的文本空间沉浸、流连和思索。显然，这已经不是一部单纯的诗歌集录了，而是一个有着互文性特征的综合文本——四个既独立又密切关联的部件：诗歌文本、梵高书信摘录或评论家观点、英译文本、梵高绘画原作。这样的编排，其本意或许是为读者的阅读提供便利（包括不同语种的读者），但事实上却存在极高的风险——品质不高的诗歌文本，会在梵高光彩夺目的绘画艺术面前黯然失色，甚至沦为失败的注脚。

　　然而，通读黄明先生对梵高 120 幅名画的解读，不同程度上打消了我们的顾虑。这些诗歌作品，并不奢望达到与梵高绘画等值的精神热力或强度，却充分展现了自身视角独特、技艺娴熟、情感充沛的诗性认知。近现代以来，书写梵高的中国诗人很多，像冯至、余光中、杨炼、海子、骆一禾等——当然，海子《阿尔的太阳》流传更广一些（"瘦哥哥"的称谓，也被黄明用于自己的表述，从中可见精神的传承）。那些致敬之作，大多是单篇或零散诗章，像黄明这样以一本书的规模大面积书写，似乎并不多见。规模化书写的心理动因，我们可以从诗集的序诗中找到答案："我一生之中／只热爱梵高，只热爱他把世界／旋转成燃烧的向日葵。"当然，仅凭热爱还不够，还需要调动很多储备：梵高的生平，不同时期的绘画风格，每一幅作品的主旨、背后的故事，艺术批评家的解读，等等。可以说，言说梵高，披露他的精神之光（哪怕最细微的一缕），是一个系统性的工程，需要下足"诗外功夫"。

　　同时，对画作本身的深刻领悟、书写过程中独特的打开方式，也很关键——可以说，是实现与梵高精神有效对接的孔道。诗与画，虽为不同门类的艺术，却有同质性的一面，这也为诗人解读画作提供了充裕的创造性空间。这本书中的诗歌部分，当然是我们关注和言说的主体。一百多首诗，在诗歌体式、切入角度、言说方式等方面各有不同，但一个共同的特征就是：语言的朴素清新，诗性叙述的有条不紊。《吃土豆的人》，是梵高早期绘画的代表性作品，也是诗人对其作品解读的第一首。这首诗以第三人称叙述的方式静观和呈现，将画面描绘的瞬间状态，平静而严密地纳入诗歌的语言组织。第二首，对《教堂墓地和老教堂塔》的解读，则是以"我"的方式进入，并和梵高进行精神沟通。当然，也不乏第二人称叙述的作品，像《读〈餐厅内景〉》《读〈诗人博克〉》等。还有另外一种情况，可以说是应用最普遍的方式，就是多人称、多视角的交混。这为不同时间、空间、情境的切换和交织，呈现更复杂的诗歌意味，提供了可能，也是诗歌不同于绘画，展示自身强项的一种表现。

《一双鞋》是梵高在阿尔完成的作品。关于这幅画，海德格尔曾以哲学家的敏锐和洞识，做过非常诗意的解读。诗人的目光停留在画面上，也紧扣画面，同时又充分调动自己的乡土记忆。"穿行在我对乡村/最熟悉的脚面上"，联想和想象的加入，丰富了诗歌的表达。而且，诗人从画面中提炼出了语言的金子："两只落草的鞋/一对流浪的兄弟"，让我们想到梵高和提奥血浓于水的亲情。同样的，在《读〈阿尔的果树园〉》中，有这样的诗句："我想阿尔的桃花/应该和中国的一样，灼灼其姿/不只是《诗经》里的感觉。"将不同文化语境中的同一物象并置和对比，丰满了诗歌的结构层次。而《读〈收割的人〉》一诗，则完全立足东西方文化的差异性进行解读。收割，对中国人来说，意味着丰收；而在梵高眼里，充满宗教意味，与审判和死亡密切相关。由以上三首诗，我们可以看到诗人黄明如何聚焦画面，以充满想象力的笔触融合自己的生活经验，从而进行诗意提炼。的确，如果诗人拘泥于画面呈现的事物本身，仅作直观的传达，那么创造性就很难发挥出来，诗歌便成为绘画的附庸，失去自己的独立性。

在阿尔，梵高迎来创作的成熟期，绘画的独创性开始显现。他最著名的、标志性的《向日葵》系列，便出自这个时期；当然，还有麦田、播种者、收割者以及以居室为题材的著名画作。我们以《向日葵》（一）为例，看诗人是如何以诗歌的方式与梵高进行精神呼应。对于这个被无数次解读和阐释的光辉形象，诗人显然成竹在胸，没有半点束缚的拘谨。他平静的语调从梵高孤独的生命情境写起，通过揣摩和追问一步步叠加，最后以充满热力的词句响应向日葵的光芒："一双在麦田上空痉挛的手/触摸到血性的向日葵/能把天空撕碎，能把自己撕成/阳光的布条，拼贴在/金色的花瓣上。"梵高在圣雷米时期的《星月夜》，也是一幅非常独特的作品，那种扭曲、旋转的线条，让我们认出挪威画家蒙克的《呐喊》中那种不安和恐惧的先兆。"天体的火焰，不像在/天体上燃烧，像在疯人梵高/比天体运行还神秘，还充满风暴的/大脑深处，带着绝美的韵律/燃烧着"，诗人通过对画作的解读，切近梵高动荡不安、濒临崩溃的内心。

梵高在他的阿尔时期、圣雷米时期，以燃烧生命的方式完成了一大批杰作。葡萄园、播种者、收割者这些意象，与生死有关，也隐约传递出梵高虔诚而狂热的宗教体悟。他的向日葵、麦田、丝柏、鸢尾花，是自然物象，也是生命意象；扭曲、粗糙的线条和形象，无不是内心情感与生命意志的激烈呈现。咖啡馆、黄房子、阿尔的卧室，这些与建筑居所相关的形象，暗含着狂热、躁动的肉体安放灵魂的渴求。这些画作，可以说每一幅都大有来头，都有笔墨倾尽的必要；与之相对，诗人黄明的每一首诗歌作品，也都有自己的风格特征。一篇短文不大可能对此做详尽分析,承担起阐发的重任。《麦田上的鸦群》,据说是梵高的绝笔之作,"鸦群终于出现了/狂乱扭动的麦田上,种子金黄色的/力量,也终于裂成了/一个人,精神的碎片"。而诗人仍坚信,"这不是最后的幻象""土地还在上升""众多播种者种子一样燃烧的手势上",只是"一个人匆匆赶路"。鸦群,死亡的象征;燃烧的麦田,不屈的生命意志。在这生与死的激烈冲突和对决之中,画面以及诗意的张力爆发出来。的确,死亡并不一定就是终结,人的精神如同丝柏那执着的火焰,以旋转、向上的力量,探问永恒暗夜的沉默。

梵高,这位红头发的瘦哥哥,他对宗教、艺术和生命的虔诚与无限热忱,令后人仰望。他凄凉孤苦的一生,引发人们对艺术创作和艺术家命运的严正思考。他在东方,其实还有一个黑头发的弟弟,那就是诗人海子。他们的精神劳作和肉身,都在生命最后几年以火焰的形式燃烧殆尽。他们之间的精神传承显而易见,梵高的麦田被海子移植到诗歌中,燃烧,翻卷,并发出痛苦的质询。其实,人类精神就像一条汹涌的大河,永远不会断流,它以无限的脆弱同时又无限的强大,向物质世界和时间发出挑战。梵高无疑是以悲苦的人生换取了精神的最终胜利。在梵高无数的追随者和阐释者之中,诗人黄明以这部高品质的诗集发出了自己的声音,他也是梵高精神的传递者之一,是梵高精神在我们这个时代激起的又一重回声。

# 远洲和他的诗写作

远洲，一个诗意的名字，带着些许古典诗词的情韵。

但生活中的他，却不似那么委婉或清朗。他应该是一个胆汁质的人，直率、热情、易冲动。十几年前我们头一次见面，不免生疏，却围绕诗歌话题畅谈数小时。他的热情、坦率和对诗歌问题毫不马虎的态度，让我觉得这就是一个诗人该有的形象。

大凡诗人，都善于自省和自审，是自画像的高手。关于远洲的外貌和性格特征，我们还能从他的诗句中获取："我有一双大眼睛/稍微外凸/但没有青蛙严重/青蛙能看清水底世界/可我常常看不清人群/闲时闭目自省/这双眼睛到底怎么了/是世相太假/还是自己太真"（《我的眼睛》）；"我给自己虚拟过一个儿子/他和我的女儿一样漂亮/个头比她高一截/和她有同样的智慧/生长着同我一样的茂密的头发/比我白/有着我的性格/但比我的棱角稍微平一点"（《我给自己虚拟过一个儿子》）。

1990 年代，遍布城市角落的报刊亭尚是一个热闹的所在，小众的诗歌刊物还有零售。我在《星星》和《绿风》上读到过远洲的诗作，也就记下了这个富有诗意的笔名。当然，后来我知道了他本叫张建民，是陕西商洛丹凤人，也知道了更多有关他本人和写作上的事情。

一个本来端着铁饭碗、悄悄写诗的县城青年，在 1989 年初的某一天，因为获得了《诗刊》社举办的"首届新诗大奖赛"优秀奖，便坚定了继续写下去的信心，并于 1992 年初停薪留职，"带着铺盖卷和诗稿，开始了只身闯荡西安的生活"。当时，有一部叫《外来妹》的电视剧在全国热播，"打工"成了一个热词，也促成万千青年怀揣梦想，去往大城市，以拼搏努力改变自身命运的社会潮流。远洲也是这样。但他想实现的不仅是生活形态的改变，还有自己的诗歌理想。

2005 年，诗人出版了他的首部诗集《城市泥土》，其中不少篇章就是他"打工"生活的真实写照。可以想象，一个初入大城市的青年，在商业大潮和物质观念风起云涌、各种光怪陆离的事物层出不穷之际，那种内心的坚持以及迷茫、困顿、动荡不安的心理状态。《城市泥土》展现了城乡二元对立的时代背景下，个人生存与个体生命的心路历程。那一时期，即使最私密的个人生活，也打上了鲜明的时代印记。

远洲有十年左右的"省城生活"，生存竞争却很残酷。工作尽管与文字和文化相关，但与他的诗歌理想有激烈的冲突。他重又调回老家的小县城，生活安逸了，新的诗情也油然而生，并蓬勃起来。诗集《远洲朗诵诗选》和散文集《在低处》相继出版。他专注个人写作的同时，还费尽周折地成立了商洛诗歌学会，也为《商洛诗歌》杂志的刊行不惜到处筹措经费。最近，听说他的另一部散文集正在付梓，还有更多的尚未面世的诗稿需要润色和整理。

有时候，写作不仅仅是个人的事情。当文学成为一种理想，追求精神生活的人聚拢在一起，相互影响和激励，他们的创作和文学活动便形成了一个地方浓厚的文学氛围，乃至文化的土壤。当初，在丹凤甚至商洛，就有不少受到远洲引导和扶持的年轻人，走上了文学创作的道路。其中，作家陈仓已成为新晋的鲁奖得主，"爆破诗人"陈年喜也在圈内圈外发出了自己的声音。

写诗四十多年，远洲在各级报刊上发表了大量作品，也获得了不少奖项，他在陕西是有实力和一定影响的诗人。写作没有让他爆红，没有让他名利双收，但也不算惨淡经营。具体到他的文本，这样一种写作的路数，显然是从个人的经验和体验出发，倚重描述或叙述，呈现了生活现象中的动人情节，又有着对生命的理解和顿悟，像他自己中意的《剪指甲》《在火车上》《去乡下找一位诗友》《这些停下来过往的火车》《平静的日子》等诗。在这些作品里，他不滥用抒情，也很少动用隐喻和象征，对于无法把握的事物也绝少指派词语，因此显得语言明朗、语义清晰，无矫情矫饰之弊，无晦涩玄幻之感。当然，诗歌的明朗与幽深相对，一种风格很可能也是一种局限。

四十多年来，远洲的写作注重品位和格调的提升、思想底蕴的沉淀，守持诗人的良知、不随流俗，已然形成自我的个性和风格。这对任何一个写作者来说，都是近乎完成的状态，自然可喜可贺。

近来提起诗歌，远洲好像少了以往的热切和急迫，或许是退休生活让他更多地随性自然，安于并享受生活本身的乐趣。是的，智慧总是伴随着心态和年龄："平静的日子三缄其口""总有一些过往的火车在此停下来/等待别的火车呼啸而过""像一条缓缓流淌的河流/不见了夏日的激流和浮躁/心头蓄满的是涟漪/是更加细密绵长的秋水"……

我心领神会又无语相对。我知道，这很可能也是多年以后我自己的状态。

# 温柔陷阱和生命强音

——桑眉诗集《上邪》《姐姐，我要回家》阅读札记

　　阅读，是向文本的靠近。文本是开放式结构，具有召唤性质，但也会设置暗道、迷宫，同阅读者做精神上的游戏。加之文本在结构层次上的特征，也就决定了，阅读必然是一个循序渐进的过程。随着阅读的深入，我们可能抵达文本的意蕴层面，同时，也会对诗人内心有所触及和打探。不过，这探测是有限度的。语言并不是心灵的全部事实。诗人的情感和真实面目，很多时候，以隐晦或伪装的方式呈现。这与表达方式有关，也是私密情感在袒露和隐蔽之间迟疑、举棋不定的表现。

　　就像桑眉在一首诗里说的："悲伤禁止询问。"

　　阅读桑眉，进入的是一种陌生语境。这样说，并非她呈现了完全不同的人生经验或情感内涵，而是我的"期待视野"与她的文本并未一拍即合、同感共振。这种情形，在诗集《上邪》中尤为明显。当然，这与她的诗歌品质无关，除过性别差异，更多是个人审美趣味和诗歌理念造成的。而这，也很可能是她的独特性所在。所以，我放下个人的诗歌习见和偏好，再一次省察对比，发现"陌生语境"正是来自她个我的话语组织和言说方式。

　　桑眉的诗歌话语，属于现代汉语的书面型语汇。但她时有对古诗词的化用，对古典诗境的拼贴，也不缺少日常化、口语化的表述。她有很好的语感，作为语言辅助成分的语气、语调，在她这里也有效参与到诗歌的情感表达中。这甚至是她的一个显著特点——诗歌不再完全仰仗语言的指示、意象的隐喻和象

征功能，而是让特有的言说方式和承载情绪的拟声词语构成诗歌，甚至成为诗歌的主体。此外，还有大量插入式的人物对话、生活细节和情境，加强了文本的叙事性和亲切感。

在桑眉这里，抒情、叙事和意象、世相等诸多诗性因子，呈杂糅状态。很多时候，她不是在写，在锤炼语言、营造意象，而是在说，随性"散漫"地说。她的诗不拘一格，分行排列没有定式，你无法理出她的诗歌套路。一种没有套路的套路，遵循的却是个我言说方式和心理习惯，同时，也是她天性和情绪状态的展露。

《上邪》，汉乐府中的名篇，炽热、忠贞的爱情誓言。桑眉将其作为书名，显然是与自己的文本有指涉、对应关系的。它不仅暗示出诗集的题材、内容，更表明了一种态度——对于爱情的态度。"正本"现实与"副本"虚构的结构划分，是主和次、实和虚的区分吗？其实不见得。书名的《上邪》正是来自"副本"虚构这部分。这让我想起史铁生的《务虚笔记》，在人人务实、无比功利的社会现实中，"务虚"显得弥足珍贵。对于女性诗人而言，爱情成为生活的主要内容或重心，也是符合她们的思维习惯和情感逻辑的。

作为"正本"的现实，在这里呈现的，是与桑眉个人生活密切相关的现实。这部分作品，在题材、主题和写法上各不相同，但因与生活现实的关联而结为一体。其中，有对自身生活状态的展示，有对故乡、亲人以及友人的书写，还有对社会底层人物的素描。尤其在《罗锅巷》《开往火车站的公交车》《逝去，或者永恒》等作品中，诗人隐匿自己的情感，仅客观呈现；但读过作品，一种发自内心的关怀、体恤或悲悯之情，还是被调动出来。像《火车又开来了》《给你》等，情意真切、意象鲜明，特有的语气语调的加入，也给人极深的印象。

"副本"虚构这部分，基本上都是情诗。爱，这种激情，得益于人的想象催发。诗歌也是。爱情诗体现的是情感世界的色彩和灵魂的幽微颤抖，也可以说，是一个人内心最感性和最丰富的情态展示。这"猩红热式的情感"，尽管有各种状态和表现，但都如"一场顽疾"，将自己决绝地交付对方或生死："交换经年的血/交出藏在转经筒中的字"。在对爱情的言说中，诗人心思的绵密、语言的质感，再配上自己专有的语气和声调，让人觉得既熟悉又陌生，像《好么？心爱》《看你嘛》《失火事件》等。而这样的诗句，"一边唤彼此的乳名或亲爱的/一边揉头发或颈项/直至沉入隐秘的河流"，让女人的心和爱成为温柔的陷阱。女性心理幽深微妙，不可捉摸和窥探，这与她们的性情和心理结构有关，也成为多样化表达的来源和保证。

"姐姐，我要回家"，是西安摇滚歌手张楚的一句歌词。尖利、上扬的曲调，传递出内心的焦渴和呐喊。桑眉探望患病的西安诗人马立，也以此为题写成组诗。当一个人的生命在生死之间煎熬、辗转，诗歌的介入是谨慎的，同时又难耐冲动，充满情感的深度和力度。在这个语境中，"姐姐，我要回家"，就是一声无援而绝望的呼唤。然而，"姐姐"是在场的。这种在场，或许不能从根本上改变什么，但深切的慰藉和人性的温暖与关怀，却是投向这世界的一抹亮色。这句歌词也被用作书名，反映出诗人对于生命及其书写所持有的态度。

《上邪》的结构很有特点——正本与副本、现实与虚构，而诗人更看重"虚构"的爱情部分。《姐姐，我要回家》的结构方式则是另外一种。上辑的组诗、长诗系列，容纳各种题材要素，犹如诗集的主旨序言，起到提纲挈领的作用；中辑和下辑是进一步的展开和丰富。而且，与《上邪》相比，尽管有大致相同的题材范围和风格特征，但在书写上更为集中，也更具感染力和表现力。最为明显的是，精彩的诗句和篇章多了起来，随便翻阅，就有凝聚情思的句子映入眼帘："一个人的悲伤能有多盛大/每滴雨水都在效颦""黑暗是一种势力，光明也是"。在对生活现实的观照中，加入了命运意识和身世感，致使文本的厚度和包容性得到加强。

上辑的《致辋川》《太平镇》与下辑"我厌倦了悲伤"，同属一个系列，是一个整体性的表达，也是这部诗集最具情感强度和艺术感染力的部分。诗人此前语调清新的絮说，在这里变为简短有力的言辞、刺目而惊心的叙述，语言的涵盖力和穿透力大大加强。在其中起主导作用的，显然是诗人的悲伤和悲愤情绪。当然，还有痛定思痛的那一份理性：对于爱情、命运、生死的诘问和思辨。诗人说，"我厌倦了悲伤"，看来她悲伤已久。这悲伤，包含了复杂的情感内涵：爱恨、隐忍、猜疑、宽宥、渴望，等等。诗人在长久的痛苦历练中，爆发出情感的冲击波，同时又竭力克制。情感的张力，凸显在悲伤和理智、铭刻与遗忘之间。

这部分作品，几乎篇篇精彩。激烈的表达，如"黄连啊，你要吐尽苦水""鸡鸣寺教堂的歌唱与恸哭/如今成为羞耻""还要挣扎多少年/才能从灰烬里起身"等。曲折委婉的比如《把信送给加西亚》，这首诗具有歌谣性质，又有紧张骇人的对峙，犹如一篇暗黑童话。加西亚、罗恩，是人物的借用，但诗人的急切和悲伤之情却无比真实。按说，"关心厨房和阳台/惦念千里之外的父母和孩子，以及/没有着落的爱情"，是女性心理的真实写照，甚至是她们一生的追求。然而，生命如琴，命运的意外击打，致使令人战栗的强音迸发出来。这强音无疑是悲怆的，也铿锵有力，深入生命根柢。

生活给人以磨难，而这磨难一经心灵的吸收和转化，便成为语言的黄金。这时，幸与不幸的界限消失了，艺术成为生活的另一种补偿。

桑眉是热情、豁达而坚韧的，她在诗集《备忘录》里写道："这本诗集并非绝望之书。人，生而孤独，甚至绝望，但其终极目的，或许是让人明白生命的奥义，使人内心尽可能少些虚妄，逐渐变得开阔、从容、自足、愉悦……"在《来过》一诗中，她也呼吁："诗人们，请不要在序言里预示结局/请鼓舞灾难中逃生的人咏叹和平，与爱情""玫瑰为荆棘而开"。这又是何等的勇气和情怀！

无可置疑，是天性化解遭遇，化解生命中的不谐和音。

在和桑眉极有限的接触和交流中，我能感受到她身上的柏拉图情怀和乌托邦气质。尽管她"在两块五一斤的土豆与四块一斤的豇豆之间/作思想斗争""大多数时间，为兑换口粮/奔命于一张纸的正反两面"，她的诗有烟火气，也接地气，但她的内心与生活或者说现实仍是有距离的。一个有着浪漫情怀和诗性人格的人，路过现实、经历现实，但最终不会被现实同化。被现实同化和被诗同化的人，身处两个维度、两重空间。

因而桑眉的书写，并不刻意反映现实，或进行某种使命承担。她从个人、个体生命的视角出发，保持女性意识的思维和直觉，率真率性地抒发或呈现。如果说有所承担，那也是对生命本身的承担。在某些时候，也可以说难能可贵：当我们不再强迫、干预现实，索求意义，诗歌便回归自身和生命本体，沉浸于超功利的"纯真嬉戏"中。

# 跨界的云

## ——武靖东诗集《翠峰纪事》阅读随笔

武靖东是能人，写作上点子多，二三十年来，已有不菲的成绩。他人幽默，头发少，会说"略显稀疏的头顶"；他口气不小，常以李白、杜甫自比，或与其称兄道弟。他的诗让我感兴趣的地方，在于与众不同，有自己独特的个性。跟我，以及我身边的一些朋友相比，走的完全是另一个路子，有不同的话语方式，文本面目和审美趣味迥然有别。仔细辨析，似乎也不外乎用叙事替代了抒情，用他所谓的"事象"置换了意象。但在他的作品中，一切都变了——语言、诗意、情趣、意味，以及昭显的人生理想和生活态度。

诗歌的本体特征是抒情（一些人反抒情或零度抒情，都跟抒情过不去；针对抒情做出不同的反应，自然也成为诗歌本体特征的反面例证），而武靖东却在"纪事"，固执而自得其乐地"纪事"。难道他要抢散文家、小说家、剧作家的饭碗？显然，事实并非如此。没有哪一位诗人能够从散文家、小说家甚或剧作家手里抢得饭碗，他们顶多讨一杯、两杯羹，拿回来，用以调和、丰富诗歌这道菜肴的风味。

这么说，我们也就放心多了。

诗就是诗，有其自身的特征和内在规定性。但是，它不妨碍甚至鼓励"越界"行为——寻找新的活性因子和诗意生长点。诗人和艺术家的跨界，源于创新的内在要求以及落实于自身的"不安分"因素。事实上，叙事和抒情很难截然分离，诗歌的叙事以及戏剧化，也由来已久。作为一种表达，捕捉事物或传达内心体验，都需具有诗意或诗性。

武靖东最早也是一位"抒情诗人"，从他写于1990年代的《振木铎与诗经家的少女们吟游》《行迹》等，可一窥他早年的写作风貌和才情。但他后来变了，变得很彻底。2000年初，成熟的具有叙事性风格的作品，已经批量出笼，像《山顶在雪夜暂时高了一些》《月亮是一些用不完的药水》《阳光下的铁越来越烫》《营业执照》等等。他的写作，除了具体的诗歌作品，可参看他这一时期写下的理论文章。他先后提出了"此在主义""事象""新口语写作"等，可以说，他那时的写作很好地践行了这些诗学观点。通读他的理论文章，除过惊奇、赞赏和认同之外，也留下不少我认为值得商榷之处。但这不一定是他的问题，而是两种不同的写作理念发生的碰撞。这种现象不但不用回避，反而值得珍视，因为差异性写作有赖于此。

从一个执着于美和幻象的理想主义者变成"俗世此在主义者"，武靖东经历了哪些思想上的挣扎和震荡，我们不得而知，只有通过阅读他的作品来了解时代精神和个人心理的变迁。

武靖东的诗总体上呈现底层和民间气质，属于一种边缘性质的书写。对于当下人的生存，他往往是一个在场者和参与者，其中不乏真实见闻，也存在虚构。读他的诗，首先接触到的，是异质混成的语言。数词、几何学、物理学词语以及其他术语，大量涌入，把原本并不具有诗意的词语通过焊接和组合，从而使其成为诗性语言的一部分。像"立体的孤独""乳房的圆顶""幸福的锐角""玻璃的规范性""45度角的幸福""蛋白质的云朵"，等等。他既推崇"新口语"，也难免会爆粗口。这些异质化的语言，以及充盈其中的诙谐幽默或特有的语气、语调，对于严肃、紧张、板结的常态诗歌话语是一种丰富，带来了新的富有弹性、趣味横生的肌质。当然，这与个人的语言才能有关，也是诗歌创造力的一部分。

武靖东不仅在语言上实践他的"自主化"方略，诗歌的标题和正文之间也会产生某种张力，显出他的匠心。像《喜鹊有点斜地飞》，就与正文直接相连，标题就是第一行诗。而有的诗题多达三四十字，显然成了另一个独立的文本，颠覆了诗歌标题与内容之间的提纲挈领的关系。

读武靖东的诗，会为他诗化生活的能力折服，也会对他"力比多"的过剩印象深刻。我猜想，是社会转型期的种种现实之恶，以及他青年时期荷尔蒙的分泌，让部分作品弥漫欲望的气息。对形形色色的打工者、犯罪现场、生活形态的展露，无不透出一种生猛、尖利的特征，以及几分不洁的气息。而这也正是底层生活的真正样态。鲜明的现实指向性，让诗人有能力面对现实说话、面对时代发声，能够积极地处理复杂的现实经验。同时，叙事性作品的现实指向性及浅表性，也阻止了自身创造一个具有深度的精神空间。

可以说，武靖东的诗不高于生活，也不低于生活，保持着与生活平行的姿态。"生活即诗，诗即生活"，或许就是"俗世此在主义者"的生活观和艺术观。他的诗有反映论特征，又不局限于反映论。在展现生活和生存现实的存在样态的同时，也触及人性层面。白云，是他喜爱的一个意象（抑或物象），另外一个是春天。在这两个美好事物的映衬下，武靖东展开他所洞察、批判和反讽的杂乱生活的建筑工地。在此，有必要粗略叙说前面未曾提及的部分作品。《水墨》，以个人视角不动声色地书写重大题材，收到"于无声处听惊雷"的效果。《喜鹊和电工》，犹如一颗怪味胡豆，把原本生活中并不稀奇的事情，经过特别的组合及叙说，从而赋予诗作某种鲜明的特质。《现实和工具的、肉质或精气的圆柱的颂歌》，是作者看重的一首长诗，信息量的确够大。中国社会 1990 年代的工厂生活、人事纠葛、情欲以及生存困境等等，都强烈凸现出来。语言的物化特征不仅具有刺目的现实感，还有现代性。

近些年来，在武靖东的书写中，既实指又虚指的"翠峰"多了起来，闪耀理想色彩。诗人沉湎于饮酒、交游、寄情山水、酬唱应和，颇具古代隐逸诗人的风范。这是诗歌回归生活、寻找现实归依的表征。说到饮酒，古代的饮者很多，李白当然最著名。《对饮——和当代诗人刘川及金代诗人刘汲》让武靖东成为当代饮者的典范。他的近作，已经不同程度地抛开了烦琐臃赘的叙事，甚至偏离了"新口语"的限定，荷尔蒙气息散去很多。这或许与年龄有关。比如在《急就章（5）》中，他说："……我对/那对美如雪花的售票员虎视眈眈的司机/很放心——他到长安后才有在钟楼下/与她踏雪的机会——/他得好好表现他的手艺——我甚至可以/无障碍地呼呼大睡"。诗人忙着去长安会见"小李白"或"小杜甫"，调侃、沉思的同时，对"美如雪花的售票员"已没有太多想法。

最近一两年，武靖东写下了一大批成熟舒展、技艺精良的作品，融入叙事和幽默元素，倾向修辞和意境之美。他在继续表现物质的、世俗的、形而下状态，以及世道人心之外，还有了精神层面的形而上表达。像《白马》《渐渐消隐或突然凸显的翠峰亭》《甲辰月丁亥日，夜行重庆江边》《5 月 22 日，访大兴善寺遇雨》《向那高远而又在身边的天空致敬》《走在麦积山》《雪是水的裸体，或你的裸替》等。这同样与年龄有关。早期诗歌的锐气、情色、物质化倾向，在这里变得沉稳包容，具有了现实的深度和历史的厚度。当然，他也持守"俗世此在主义者"的写作立场、立足点及人生态度，"道路开阔而有多维/足够你我在俗世欢游到老"。

这种转变，在我看来理所当然，并非武靖东背离了自己的诗学主张。他的"此在主义"流派，我更愿意理解为个人的诗歌观念和自觉追求。且不说中国当代有无真正意义上的诗歌流派，即便是有，因为艺术的本性是拒绝程式化和模式化的，流派写作某种意义上也是画地为牢。武靖东的诗是向外走的，走向驳杂的物象和事件，现实感和逼真感都很强烈。此在，并非人的全部存在，作为一种混合着生存态度的诗歌理念，武靖东的早期作品，或许正是有所选择的片面性促成了它的独特性。

武靖东的近作少了些生猛气息，甚至粗鄙化，却变得让人易于接受。但独特性依然存在。叙事和抒情交融，理想、美与现实的乏味甚至恶并置，对人的精神层面也有更多涉及。他的写作变中有持守，不变中又有变。他的"此在主义"诗学观点，与1990年代"叙事诗学"的兴起有关，但又形成了自己独有的一整套理论。在写作上，他是早熟的，生活中也应该是这样。在《干粗活的人要会给自己找点乐子》中，他不无骄傲地说"我懂事早"，小小年纪就已知晓，"是因为太累了/他俩就自己给自己松松土/再互相给对方/洒点水/种一点胡豆"。

我甚至觉得，武靖东就是偏居汉中略阳山水间的一只修炼的文狐，快要成精了。这当然是戏说，用于表达我对他的敬意。他的诗歌作品和诗学理论，我感触很多，但时常言不及义。个人和时代、物质与精神、现实和理想……诸如此类，往往既分裂又统一，只是我们在立足点和处理方式上存在差异。

当彼岸花开，此在便荒芜；而当我们瞩目此在，彼岸和远方依然在那里，只是被我们悬搁起来。

# 绘制自己的诗歌脸谱

## ——读庞洁诗集《诗面庞》

之前，零散地读过庞洁不少作品。印象中，那些恣意生长的诗句有一种特别的机智和锐度，已然展露了作者的才思与禀赋，只是有些篇章或段落还不够精粹，略显杂芜。那种"杂芜"究竟是表达的需要，还是写作功力不够深厚的表征？当时并没有过多考虑。收到诗人惠赠的《诗面庞》，她的第二本诗集，便有机会一睹她这五年来诗歌写作的大体样貌。

"一些老套的诗歌意象/无法开出例外之花""今天的诗人们/或口若悬河/或惜墨如金/大都迷恋隐喻和象征/大于热爱土地和人间""万物又新长的/春天/应该远离那些已知的抒情"，透过这样散落在诗集里的零碎句子，我们不难猜度诗人了然于胸的诗歌观念和创作方法。的确，庞洁的诗大都在日常和经验层面运作，有抒情性但不迷恋抒情，熟悉的日常、生活中的片段或细节，都能自然入诗并展开诗意的叙说。其中的物象或事象也因确凿的现实关联，弱化了意象化的运作模式，远离了隐喻、象征、超验这些方法和维度。

"生活的真理远大于那些拗口哲学""平淡的日常/已是最好的慰藉""把身体当成陌生的形而上学/还需好好供奉"……将诗靠近日常和此在，语言需要祛魅，诗人需要一份清醒的认知，以及将庸常琐碎的生活材料进行诗意转化的能力。抒情和意象，再怎么老套，诗意的产生也是容易的。但庞洁没有沿袭，或者说，是她持守的诗歌理念不允许她这么做。

于是，我们除了看到这样的诗性认知：阅读杜甫时，"秋风陡峭/提醒路过的诗人/要把每一句都当作遗言来写"；面对芒种这个节气，"麦地的智慧是冷的/收割时的战栗到来前/决不把内心大面积的虚妄/轻易地唤作风暴"；在边地之夜，"看不到的远方/证明了玄学的亲和力/孤独必有其深凹的入口"……更看到诗人将朋友圈、养生馆、美甲店、八卦消息以及育儿经历等"缺乏诗意"的生活材料融汇入诗的现象，还有她对语言的某种"纵容"——《我有时也写点口语诗》。对于在意象和抒情之间奔突多年的我来说，她这样做，是勇气更是个人才能的体现。

看看她如何诗化生活，便对她处理诗歌惯常主题的能力多了一份信心。

《在绍兴咳嗽，兼记八卦一则》这样的出差趣闻，本应在口头上流传、说说而已，但诗人执意将其书写下来。叙事、人物对话和心理描写，一股脑呈现出来，这样的"散文材料"怎样才能加工成诗呢？首先得益于生动有趣的书写，其次是必要的组织和剪裁，还有一点就是透过生活现象，挖掘和提炼出了一些本质性的体悟，一如"搭讪只是午夜戏剧的本能"，一如《儿科病房》和《斯德哥尔摩综合征》中的"高科技让生病沦为儿童的福利""人质爱上绑匪/病人爱上医生/小孩把病房当游乐场了"，等等。甚至"我在绍兴咳嗽"，这么平白的口语，为什么"在午夜听起来也富有诗意"？大概是在倾听的过程和我们的意识当中，语言逐渐脱离了现实所指，具有了某种微妙的"言外之意"，也就是隐喻或象征意味。因此来说，隐喻和象征无论如何都是诗意的来源或保证。只是我们有时候得有意规避，或打破约定俗成的意义的窠臼。

不用说，《在重庆》《牧护关》《养生馆》《我有时也写点口语诗》这些作品，都是庞洁处理日常素材的例证，风趣幽默是其主要特征。当诗变得有趣的时候，我们便不会刻意地认定或指责：哪里是抒情哪里是叙事，哪里是诗化的哪里是散文化的。只要是有意味的语言形式，都可以被诗歌拿来为己所用。最典型的莫过于《春天的十七个瞬间》，通篇只陈列了三个人物的对话，但对话情节出人意料，产生了令人"惊奇"的效果。这当然也构成了一种诗意。我们由此感知，诗不仅存在于情感和思想的震荡中，叙事性话语也完全能够产生诗意，甚至更为新颖。只是没有统一的模板可供复制，需要诗人们在实践中去发现和领悟。

当然，相对于抒情和意象的精粹和简洁，叙事性话语的冗长和杂芜有时也难以避免。

其实，最能体现庞洁写作功力的，不是以上列举的具有叙事性特征的那些，而是不拘泥于形式，或纪事或言情，或体认或思悟，以较为常见的方式书写的作品。而且，在这些诗里，庞杂或散漫的现象是很少出现的。这也是大部分人能够接受和认同的诗歌"应有"的面相或样式。像《夜读王维》《杜甫在秦州》《冥想练习》《我没有参加过的葬礼》《走失的红裙》等等，诚恳端庄的整体氛围，不时地被机敏诙谐的音调加以丰富和调和。诗人的"孤意与深情"在处理爱情主题时，也会带给我们不一样的感动："我爱着你/仿佛悼念你""我啜泣，是因为/多爱一个人/在尘世就多了一段生离死别"。

此类作品中，《海上打坐的人》和《心理医生》给我特别的印象。前一首是典型的意象诗，语言精警，颇具隐喻和象征内涵："那些秘不可宣的真理/写一句就少一句""他持续地引领着大海""用蔚蓝的兵器/叩响秘境之门"。这个类似先知的修行者，或许正是诗人在心灵的秘境意欲效仿或成为的那个人。而后一首诗则写得相当奇诡，"他用理性而克制的技术/探测我理想主义的雷声""我还看见另一个隐姓埋名的人/在房间中正襟危坐""多年前我正从此地逃亡/遇见一支出殡的队伍/沿途没有哀号"。诗人以如此的方式营造诗歌幻境，莫非是隐秘地宣泄她那不为人知的哀伤？

诗集读完了，却没发现"诗面庞"这几个字的具体出处。诗人的姓氏"庞"，与此仅有字面关联，不能说明什么。我猜想，庞洁在命名这本诗集时，是下了功夫也颇见匠心和慧心的。我们知道，写诗的人倾其一生的言说，也仅能触及诗歌极其微小的一部分，或实现部分的可能性，远非全体。我们写诗，某种程度上也被诗书写；我们为诗歌绘制的脸谱，也部分地成为我们自己的脸谱。

犹如辉映万川的一轮明月，诗歌也是一种理念式的存在。我们领悟着、阐释着、描绘着理想的诗歌，也分有恬淡、深情和澄澈的智慧。

# 因思考而痛苦，因痛苦而美丽

## ——读田凌云组诗《思考即背叛》

近两年，一个叫田凌云的"90后"（实际年龄接近"00后"）引起我的注意。她是我的同乡，写诗时间很短，但已经表现出异于同龄人的才情和禀赋。她是属于那种早慧型的写作者，她的悟性来自天赋，独立思考的能力更多是后天习得。她的创作潜力和文学前景毋庸置疑。

当然，在跨出校门以后，还会有来自生活和艺术的双重考验等着她。但我们相信，诗歌铸造的心灵足够坚韧，痛苦的磨砺和灵魂的省思，只能让诗人提炼出更多语言的黄金。

田凌云此前的作品我读过不少，其中一个深刻的印象，就是那种痛感体验的表达。诸如"风扇又转动起来，我把自己的肉身放进去/它瞬间就成了搅拌机"。这让我困惑，同时也感受到不同时代背景下的生命个体，在生存感受和诗歌表现之间的差异性。这种相异的特质不容忽视，而且珍贵，它保证了诗歌写作能够延续下去的动能和活力。

这组《思考即背叛》是田凌云的新近创作，14首诗，其中12首的完成仅用了两天时间，从中也可一窥她的创作力。与以前作品不大相同的是，这组诗从言说方式、诗句的排列组合以及主题的深化等方面，都有了新的变化、新的面貌。当然，这种改变，出现在她这样的年纪，同时也是写作急遽提升的阶段，自是理所当然的。

"我思故我在"，是笛卡尔的哲学认知，当然还会有其他人从相反的路径出发，得出"我思故我不在"的结论。这些，都可以暂且放下，只需提取其中"我思"的部分，用于诗歌的认知和表达。之所以这样说，是因为田凌云这组诗以"思考即背叛"来命名。开篇《何为意义》这首，显然就侧重于对生命的存在及其意义的拷问和思索。"生命的一无是处是支撑我们的意义/从而具有一无是处的伟大""无人见过上帝，所以它才成为上帝"，这其中，有一种诗性的辩证、悖谬的真实。

《思考即背叛》这首，融认知性和巧妙的诗性表达为一体。整首诗可以简化为这样的句式：如果……那么……。一种假设性的陈述，背后是肯定性意指。同时，因标题"思考"的加入，使得这首诗的结论（那么所有的生命会不会是/和谐加永恒的总和？）发生意义的翻转，也就是"背叛"，即所有的生命是无序和短暂的统一。自这首诗，我们可以看到，田凌云的写作从早先纷繁的长句和意象的堆砌，转变为眼下注重意象和诗意的提炼，以及表达上的精巧、机智。这显然是诗艺上的跃升。

同样的，在《荒芜之美》中，诗人如此道说："我是卑微的智者，像破洞的芦苇/构成的身体。但现在，/我越来越不愿意承认：自己的荒芜之美/我真正的光芒，我怎么甩也甩不掉的爱人。"一种委婉的语气——"我越来越不愿意承认"，其中蕴含着转变，或者说转变的契机。"荒芜之美"又会是什么呢？《像我这样的女人》给出了答案，"比如荒凉/比如方圆几公里内皆是自己的倒影"。这显然是一种孤独的精神状态，但省悟和孤独总是结伴而行，没有孤独便不能走向"思之澄明"。因此，这荒芜，同时也意味精神的富足，并且诗人赋予了它美的属性。

诗性的辩证思维，同时也出现在《结论》一诗中，"我的青春不够绚烂/所以我的诗歌才生机盎然"；还有《520》这首，

"我的青春多幸运啊——/因为这众多之爱拥有了最浩瀚的虚空"。从相互对立的事物中，发现一种依存关系，并以主观意愿作为黏合剂，将其圆融无碍地呈现。这是思考力的体现，更反映出诗人对并不美好的事物所持有的豁达态度。

痛感体验的表达，在这组诗中仍有延续，《后背的眼睛》中有这样的句子："我如此年轻/却已盛满了对世事的恐惧""皎洁的痛苦——我体内/精致的家具"。的确，是恐惧加重了心灵的负担，带来痛苦情绪。但这痛苦也有正面价值，深深的思悟正埋藏其中，它将见证并深化一个人精神成长的履历。所以，诗人才这样体认并命名痛苦：它是皎洁的，一如体内精致的家具。

《抵达日本之夜》和《在富士山》这两首，并非一般意义上的记游诗。其中有现实物象的触发或影子，但更多是内心世界的展示，一种自我的表达。"从天国扔下的救赎之绳""我爱，这触摸不到的一切/赠予的罪恶之身"，这些出色诗句所传达的，乃是诗人对于自我以及人性的辨析，其中不乏自省的真诚和勇气。组诗中的其他作品，也各有特点，像《我和姐姐》中的生活化表达，《穿过》《我爱着神话》《毫无意义的美妙》中简约、疏朗的形式和内容呈现等，在此就不一一赘述了。

整体看来，这组作品体现了诗人对自我的体认和思悟，进而拓延到我们以及生命存在本身。这是一个以我的在场为前提，以自我的视角逐步走向丰富和开阔的写作路径。而且，田凌云的诗绝少网络化、流行化的表达，哪怕局部的执拗和生涩，也是个性鲜明的。目前，她刻苦研习经典作品，消化吸收前人的思想成果，同时又竭力化解，将其转化为自己独有的言说。据此，我们有理由相信：假以时日，田凌云的诗歌风景会更加繁茂和生动。

回归写作和生命的关系，并借用田凌云的部分认知，我们就会推演出这样的结论：因思考而痛苦，因痛苦而皎洁，因皎洁而美丽！

# 寻找、指证和认领

## ——郝随穗诗歌读记

　　郝随穗的名字以前听过，但他的诗近几年才零散地读到一些。他的诗给我留下这样的印象：一种根植生活现场，从生活中发现和提炼诗意的写作方式。这一次作品研讨，他问我需要多少首诗，我说三五十首吧。我是想，三五十首，应该能展现一个人的写作风格，呈现一个人的写作状态。他给我发了四十五首。这些诗取材不同，写法上也有细微差异，但整体上的语言风格、诗化运作的方式还是比较统一的。看得出来，这是经过了多年的写作实践，对生活和生命本身有自己的发现、体悟，并具有了自己创作个性的文本呈现。

　　这里面，写故乡和亲人的有好多首。这些诗是能够在具有相同生活经历和体验的人那里找到共鸣的。现代人是漂泊者、异乡人，这是从精神层面、从现代人存在的本质意义上说的。而在现实层面，人人都有故乡，哪怕是暂时的居留地，或者因时间的阻隔、情感的撕裂而回不去的故乡。这个时候，诗歌就是召唤，现实的温情多少也能弥补人精神上的、形而上的"异乡"处境。《繁星在上》这首诗，有这么几句：

　　　　此刻，乡下属于天空的一部分
　　　　那么多星星回来了
　　　　天空中发出黄金的声音

这"黄金的声音",无疑是属于诗歌的独特发现。接着诗人说:

> 乡村的夜色升到天上
> 有一颗发出乡音的星星
> 就是我的故乡

那些天空请回来的、发出"黄金的声音"的星星,是否就是乡村历史上的那些远逝的灵魂,抑或诗人的亲人?在持续的仰望中,大地上的事物也成为天空的构成要素,诗人也因此认领了自己的故乡。

在日常生活中,人往往以自己的感觉为中心,但也会以理性的判断来纠正。而文学艺术的创作,常常借助直觉进行表达,以一种现实的扭曲或错位来展现真实的心理状态。《偏僻》这首诗就是这样,因为诗人在自己的故乡——子长,因而千里之外喧闹的大海,抑或三千里外的首都北京,都显得"太偏僻"了。正是因为作者对故乡寄予的热爱,产生了这种有悖于生活现实的心理现实。故乡不再是一个地理方位、一个模糊的名词或概念,而是以具体的细节呈现时,便如《土》这首诗中的深情方式,"扶起脚板/脚印落在时光的陈年里/土中就会生出故乡"。也如《重口音》这首诗表达的,"出口的话,就是五谷的长势/头发上落下一群讲土话的麻雀"。

父母是家庭的支柱,是孩子的生命来源,也是故乡之所以成为故乡的根由。郝随穗写父亲母亲的诗,让人动容。《娘》这首诗记叙了"一个午夜的梦":

在村头遇上赶路的母亲
她赶紧过来，一把手拉着
我的手，一把手捋顺我的头发

她问我，你怎么又瘦了呢？
我说，四十年你不在跟前
我吃的是别人家的饭

《在春天回来的人》则是这样开阔而温情地抒写：

这是母亲的春天
河水和石头一起回来
母亲躬身开门
接回熟悉的山河

在《野桃花是大地盛开的修辞》这首诗里，我愿意摘取其中一句——"所有的母亲在午夜醒来"，用于对人的生命意识、原始欲望以及生殖、繁衍等进行理念化的表达和颂扬。

通过对郝随穗这类诗歌的阅读，让我们相信语言是有魔力的。也就是说，经由文字的书写和还原，可以让那些过去的亲人以及时光，再一次回到我们身边，与我们同在。尽管那是一个虚拟的文本空间，但也成为我们在时光的灰烬中所能进行的唯一"抢救"——让那些离场的人和事，在文本中获得永久性的居留。

除了以情动人的乡土表达，郝随穗还有其他更多题材、更多类型的诗作。像《附属》《位置》《寄生》这几首，包括前面提到过的《偏僻》，都是在我们生存的这个世界、自然的社会的场域，发现不同事物之间的依存关系。诗的发现伴随着诗意的重组，诗人的洞察和认知能力在其中发挥至关重要的作用：

最低处的万象是灰烬的初心
只要天空转身回望
这一切都将是被燃烧过的现场

诗人作为创作者，在他面前有两条不同方向的路径：一条向内，触及人性的幽暗和灵魂的隐秘；一个向外，通过对现实材料的有效整合，展现人的存在状态。这两条路径的原点，当然是作为言说者和诗歌主体的诗人本人。前一种类型的创作，是体验型的，具有冥想气质；后一种类型的创作，是经验型的，具有认知性。郝随穗的写作，显然更多倾向于后者，而《镜子里的秋天》以纯粹的语言指向自我心灵，则是少数例外。

在纷繁的现实物象及其存在之间，进行诗意的发现，这是一条可以纵深挖掘的路径。卞之琳的《断章》似乎能提供一些借鉴：通过深入透彻的思考以及意象的提纯，产生富有情韵的玲珑有致的语言琥珀。《体内》《捆绑》《时间炎症》《陌生》，这些诗显然是在这个方向上的加速跟进，其中，语言更为精粹一些，思考也更为深入一些。试举几例：

弯曲的路试图给延伸提速
黑夜是另一种速度
……
我也是一条路

在途中遇上时间里的曲折

——《体内》

光线是透明的绳索
它捆绑黑暗。黑暗的疼
是灯盏，在路的另一头亮起

——《捆绑》

时间永不停息
时间，就是空气和粮食

时间更是一个人
而我们是时间的炎症
伤口好了，结痂就掉了

——《时间炎症》

这些诗句并不晦涩，也无需解读，但它们很好地体现了诗歌语言自身的特质：意象的鲜明、意指的丰富、包容性等。

《陌生》在我看来，是郝随穗这些作品当中语言更为自然、匀称，揭示现代人的生存处境更为深刻，表达上也举重若轻的一首。从社会环境的陌生、异化，到人和人之间的隔膜，再到自我以及与故乡的无法融通，一个现代异乡人的内心跃然纸上。现代社会的异化和荒谬，一直是具有存在主义倾向的哲学和文学的主要论题。而诗人的任务不仅指证、揭示这一现象，他还满怀温情进行化解，为我们的存在赋予诗意：

　　　　时间这么薄
　　　　能不能挡住眼前的陌生？
　　　　路这么长这么多
　　　　让它去熟悉这些陌生

# 短笛声声诉衷情

## ——读陈永笛诗集《古镇流年》

诗人和他生活的城市（村镇）之间是密切的，抑或疏离的，是一个恒久而饶有趣味的话题。我们可以想象，他是如何驻足于此，又是以哪种角度或方式进行观照和打量，最终铸造出一个怎样的诗意空间，如此等等。

陈永笛的诗集《古镇流年》，就提供了这样一个例证。

"古镇"，一个物质性所在；"流年"，时间以及时间的易逝性。时间、空间的叠加，营造出一个斑驳陆离的存在场域。我们明白，作为"生于斯，长于斯"，和这块土地有过长期、深入的"物我互换"经历的陈永笛，古潼关、秦东镇在他心上的分量。当然，诗意的转换呈现的是另外一种风貌，文本才是我们关注的现实。

诗集第一部分《港口时光》，即是诗人对自己生活地域的集中书写。我没去过潼关，也没到过三河口、秦东镇，但陈永笛的诗句让我记住，并领略到那种醒目的色彩："古城里，灰色太多/灰的砖、灰的瓦、灰的墙//古城外，黄色太多/黄的土、黄的风、黄的河……"还有这些诗句所传达的生活情味："晨起的薄雾还未走散/那个挑水的男子，分明是/唐诗中走来的公子""赵家老头摆残棋/沈家老太剪鞋样/王家小儿在内巷撒泼打滚"。这辑诗中，陈永笛展现老潼关、秦东镇的地理、风俗、历史、文化，以及市井烟火，有古意却不显古奥，语调不紧不慢，平静而淡然，一事一景一物，都娓娓道来。

"请允许我想象，一匹马/一匹有着箭伤或剑伤的马/孤独地陷在潼关城外//将军已倒下马夫已阵亡/只有马，兀立河岸"。人在古城，难免恍惚地进入另一个时空。那是历史上的古城，诗意的想象空间。于是诗人变换装束和心境，进入那个空间，去体验古人的征战生涯抑或寻常的生活情境。这是一种不由自主的分身，在两个时空、两种语境中的诗意行走；也可以说是一种对话、一种钩连，体现了诗人对湮没在时间长河里的那些事物的留恋，以及再造和重构的努力。

第二部分《路上光阴》，诗人将笔触宕开，或是记述行走中的诗意，或是感悟人生、专注内心体验；诗域朝向开阔，在题材上更为丰富一些。比如写《墓园》，"像一座村庄的影子，和备份/也像数学中的映射/适用的法则，是叶落归根"；写《守村人》，"揉碎的时间也不能洞悉他的过往/我们害怕的山妖、水鬼，甚至画皮精怪/也能被他轻易喝退"。这部分诗的语言风格和写法，一如其他。正如诗人在《拉寺海》中所写的那样，"所有的比喻夸张通感/形容词副词名词在拉寺海都黯然离去/真的美好，只会孤独地存在"。

东马，应该是诗人的老家，一个关中平原上的小村庄。在诗集中，陈永笛专门开辟出一个区域，并命名为"东马时间"，可见故乡在他心上占据着一个重要的位置。这些作品，除了以常见的乡村物象来抒写，表达眷恋之情，还触及当下农村普遍的"空巢化"现象。那是一种"人去楼空"的感觉。但在陈永笛心上，空落落中还有着钻心的疼——因为父亲和弟弟的亡故。无法释怀的情结，让诗句也不由自主变得激烈："一个人的性格有时便是自己的毒药""那一天的千里之途，暴雨倾盆，人世无声"。

《流水韶华》是一组爱情诗。情感生活的点点滴滴，都掩映在自然风物和生活情境之中，犹如花红柳绿的街巷或田陌，忽现一个窈窕的身影。含蓄和侧面的手法占主导，但也不乏强烈和直接的表述，像《刀子》这首诗，"小刀最后去的地方叫胆/它要割掉这个东西/因为，私奔的勇气，要从这儿开始"。我甚至认为，这是诗集中最具语言表现力的一首。

诗集最后一部分叫《一沙世界》，全是寥寥数语的微型诗。对于诗歌，堆砌铺排并不难，简缩留白则考验诗人提炼、概括的功力。而且，以尽可能少的字词和诗行表达更丰富的内涵，也符合诗歌的文体特征。陈永笛的短诗，有非常隽永的，像《桥》"联通的目的/是为了/移动"。而《夕阳接山》这首诗，只有两个字"灯//塔"，且分属两个诗节。标题"夕阳接山"，作了内容的交代，正文是对那种情境的比拟，形象贴切，令人回味。

对《古镇流年》的题材、内容有了一个大致的了解之后，我们再看看陈永笛的书写风格。他的语言省净自然，没有过多的修饰，克制的情感、点到为止的叙说，让我们感受到一种特别的诗意。诗歌有多种面貌和可能性，而陈永笛的诗就是这样明朗和节制，不求幽深高傲抑或绚烂雄奇，一如生活本身。这当然也能显出功力和境界。我相信，在成熟的诗歌技艺的操控下，平淡也生醇香，日常也起波澜。

透过题材内容、语言形式以及文字的枝蔓，我们还捕捉到陈永笛灌注其中的情感——对置身其中的古城的爱，对故乡和亲人的爱，对生活的爱。心中有爱，便会向善，也会求真，诗歌也因此有了特别的品质和温度。

# 老烟斗和他的诗

　　一个抽烟的人，手执木质烟斗吞云吐雾的人，想必是一个沉思者、冥想者——世事洞明，人情练达。如果他恰巧也是一个饮者，嗜酒的人，那就有意思了——烟雾缭绕，醉意深沉……烟和酒，过量了对身体有害，但于诗或许不无助益。

　　一个为自己取名"老烟斗"的人，不仅嗜烟，也嗜酒。烟和酒对他似乎并无伤害，他的身体和精神状态，总是生龙活虎，令人艳羡。但这些都是因为他写诗，才让人觉得有趣或好奇，甚至有了某种意义。

　　老烟斗写诗，用他自己的话说，就是"打半山腰走了下来，高不成、低不就/大胆妄为，梦见李白、杜甫/许是，伤风感冒，在发高烧"？显然，他说这话，有自况和谦逊的成分，更多则是自我调侃。从中，我们能够感知一个"老小孩"的智慧和可爱；也能想象，一个人在临近退休的时候，才得以真正地拥抱缪斯，那种心绪应该是五味杂陈的。生活的阅历、处世的态度和方式，可以说已经足够丰富、圆熟，如何将这些有益的资源导入诗歌，转化为诗歌表达中的微妙情境和深厚底蕴，老烟斗在用他的作品做直观的呈示。他的语言、言说方式，及切入主题的角度，都具有个人性，是独特的，甚至是出人预料的。我不相信他临时抱佛脚——在花甲之年，才投入诗歌的怀抱。他对诗歌的热爱和自觉的语言练习，应该更早。

　　于是，我们看到老烟斗诗歌中那些点亮眼睛的修辞——当然也不限于修辞。比如，《野性非洲》中的"太阳"，能"任性地剥去焦灼的鳞甲""踩在脚下的干谷",竟然"血口大开,啃食羚羊和鳄鱼的骨头"。比如,他这样抒写《一生》的"两枚雨滴落下,一个小坑便成了家/搂在一起,就不孤单了",形象化的描述让人心动。再比如,他写"钻石",认为那"也是石头,只不过多吃了些风/多饮了些水,多耗了些时日,多走了些/弯路,多受了些折磨"。这分明也是自况,或者说是从事物的客观存在中寻得人生的寓意。此外,他还要"把灵魂托付给小的事物""做自己的仇人",这种态度令人赞赏,从中也可想象他对自我生命的认知和期许。

老烟斗诗歌的取材是广泛的,他勤于观察、敏于思考、悉心收集心灵的颤动,能够在别人司空见惯,甚至感到索然无味的生活材料中,发现独特的诗意细节。当然,老烟斗目前的写作也是艰辛的,他在努力寻找词与物的有效链接,挖掘生活现象埋藏的深意,悉心打磨,以便向诗歌的核心区域突进。

诗歌,不仅体现为诗人同生活及时代的融洽、一种"合谋"关系,更多时候,会表现为紧张、冲突乃至抵牾的状态。因为,诗表现现实,更表现理想。老烟斗在他本应享受天伦之乐和安逸生活之际,却突然迷恋上写诗,那就有的苦让他受了。这是写作之苦,既如中国古人说的"吟安两个字,捻断数根须""文章憎命达"之类,也如西方大师所言"我将独自把奇异的剑术锻炼/在各个角落里寻觅韵的偶然/绊在字眼上,就像绊着了石头"。但事实上,寻觅不一定就能寻到,投入和产出也很可能不成比例。

不过,在揣摩或体悟某种心境、寻找恰切的词语之际,烦恼往往被兑换为喜悦。那是一种发现的乐趣,一种表达上的适意和满足。与这样的愉悦相比,写作上的得失又算得了什么呢?

目前，老烟斗写诗的状态极佳，可以认定他正迷恋这种苦与乐的辩证游戏。艺术无止境，但愿老烟斗在写诗的路途上，不断精进，收获更多惊喜。

# 凝视与打探

## ——传凌云诗集《对镜》阅读短札

《对镜》是传凌云继《紫色苍茫》之后，推出的第二本个人诗集。写作多年，她始终遵循生活和内心的节奏，偶尔发表作品，偶尔在文学活动上现身，一副不疾不徐、泰然自若的样子。很显然，这样的生活状态和写作状态，在急功近利、快节奏的当下生存现场，是令人羡慕的，也是值得赞赏的。

"对镜"，一个自我凝视和打探的动作，能够拓展多种精神指向和寓意的诗歌行为。当它发生在人生的中年，在我看来不仅理所当然，而且非常必要。一个诗人，如不能从纷繁的物化现实中进行本质性的追问和刺探，那么，他（她）的写作无疑仍在浅表、杂芜的层面滞留，是无法够及事物和存在真相的。

传凌云以此命名这本新书，究竟有什么样的表达欲求或诗歌景观，要向我们呈现呢?

首先，是对爱情的书写。女性心理有别于男性，他们有细腻的体察方式，还会表现出对某些事物的热衷或偏爱。情感表达便是一例。很多女诗人都在执着地书写爱情，而表达对象可能来自现实，也可能完全出于虚构。传凌云也是这样，有这样的表白："因为你，我爱上了这个冬天"；有这样的信念："不相信，这世界真的没有你"。当情感的烈焰在胸中翻腾，灼人的诗句便倾泻而出，"几千里长路，曾经的难眠、想象、惦念/难捱的焦灼，全化作/面对面的宁静，面对面的沧桑"。在《等你，拾起我疼爱》这首诗中，诗人提炼出的"铜质的雨"，令人眼前一亮。

　　以诗记游,从中有所领悟和发现,几乎就是古人的传统。传凌云的"游历诗"有很多,除了物象的陈列、自然景观的描摹,独有的发现也渗透其中。比如,她看见"江南是弯曲的",渭河滩"一扇突然打开的面北窗户/里面的黑,快乐而又如此伤悲"。当然,她也会充满思悟地史海钩沉,比如在广明苑的王夫人墓前,就觅得这样的诗句:"一瞬,等于一辈子/一刻的希望,大过一辈子的沉寂或终结/父以子荣,母因子贵/这算盘打得至今让人心惊。"

　　传凌云善于从生活现场中发现和提炼诗意,写实性强,而《世界落满孤独和喧嚣》则稍有不同。这首诗因为情感与物象不同程度的融合,而具有了意象化特征。"孤独是马路中央的黄白实线/刺目而绵长,不可碰触""此刻谁的心事荒凉/覆盖、合围身外的原野"。类似的表达,还有《忧伤无处放置》这首,"忧伤无处放置/路也无法承载/只把重量导向远方""胸中闪亮的疼/越过石块拼接的路"。还有《鸟》这首,"从恐惧到爱上自由、独立的飞翔/一只鸟要经过多少世事、孤寂和磨砺"。

　　当然,诗歌的意象化运作,寻求的是主客体的高度融合。语言锤炼敲打去除杂质的过程,这对于传凌云来说,是需要进一步加强的。而在另外一些诗中,她表现出了"思"的品质。这于诗歌大有裨益,甚至可以说,"诗"与"思"本来就是合一的。比如《银杏树》这首,"草生,人生/不过如此/几根褐杆,些许碎枝";《药锅里的风景》这首,"新的液面平衡/以整体动荡为代价"。这些都是从自然物象或生活现象中总结、提炼出来的,深化了诗歌的内涵。

　　传凌云还有一些面向抽象、宏大事物的表达,像这样的句子，"时间流逝/万物归一，兰就是一切/一切就是兰"。在《句号》这首诗中，我看到她选取一个小切口，契入自我、世界以及写作这些宏大主题的努力，"我究竟是想早早结束一切/还是我对这世界、事物/早已失去了耐心/抑或已拒绝表达"。诗人的凝视与打探，越过自身，把目光投向广阔而深邃的事物，有望说出抵达存在之真的诗性话语。

粗线条地勾勒，并不能真实还原作品的全貌。就像《对镜》这首诗，也只约略呈现出"岁月留痕"和"悲哀自现"等些许情态。有兴趣的朋友，可以找来诗集自己阅读。总体而言，传凌云经过多年的写作，语言清新、随性，语调执意而绵长，形成了自己的个性。同时，在诗意的营造、萃取方面，也显示了一定的功力。不过，我们对她的写作还有一些要求：希望她在语言的锤炼打磨和思考力的深化等方面，再下一些功夫，呈现出诗歌精粹而涵蕴丰厚的应有品质。

写作，毕竟是一个逐步扩展和深入的过程，对每个人来说，都存在这样的必要和可能性。

# 从语言中抵达

## ——读韩琳诗集《穿行在时间的琵琶骨上》

韩琳又要出一本诗集：《穿行在时间的琵琶骨上》。之前的《倾国倾城》，我没有拜读，仅就书名而言，已经让人对她的诗意表达有了期待，蓦然而生一种无法抗拒的倾慕。

"琵琶骨"，于我是一个陌生的词语。通过百度，大致能够确认的是"肩胛骨"。而"时间的琵琶骨"，这样的词语组合，显然是一种颇有新意的构词方式。其结果，便是赋予抽象事物以具象，以诗意的审美。

"穿行在时间的琵琶骨上"，又会是一种怎样的情境呢？且看诗人在这首同名诗作中的表达，"立冬之后 浓郁的绿从时光的肩头滑下"。事实上，此处的"时光"本为"草木"，变具象为抽象，诗意和诗域却因此扩展开来。"小草面色蜡黄簇簇站立卑微又高贵/都在互赠露水中 道着别"，"互赠露水"，一种新鲜的表达，让草木具有了人的情意。"一枚枫叶从风中飘落红彤彤的脉络/网住了些许惆怅"，当自然物象被情感渗透，也就成为意味深含的诗歌意象。"岁月窸窸窣窣 向更深处走去/扬州城里弹琵琶的女子 永远是豆蔻年华"，"扬州城里弹琵琶的女子"是缘于岁月的幻象，并非实写。但其中的"琵琶"从众多词语中跳脱出来，呼应前面的"时光的肩头"，于是有了标题中"时间的琵琶骨"这一短语的重组。

这首诗，描绘了自然物象的情态、由时序变迁引发的情感和思悟。其特别之处在于标题的生成：倚靠语词本身的激发和照应。显然，这也属于语言炼金术的范畴。

　　整体看来，韩琳诗歌的取材是广泛的，历史文化、现实生存、内心情感……凡是有所感触、有所顿悟的事物和存在，都能在文字中留下印记。而我们读她的诗，也时不时地被一些精心提炼的诗句触动或点亮。比如"关于路　那弯弯曲曲的妖娆/并非是对笔直的背叛//种子向果实致谢/感谢　梦的抵达""美丽是个骗局/天空是个镜子/盛大是一片虚妄//在一个丑石前/我爱上藏匿的快乐/是别人不能抵达的彼岸"。还有一些更为精粹的诗句，像"转弯　走的都是捷径""从素胚到华瓷　决裂了多少初衷""与文字撕咬/周旋于一瞥惊鸿里/或挣扎沉沦在漫长静默"等等。而"夜不只是黑　泥土深处　有种子/在叩问大地"这个句子的出现，则令人惊讶了。诗人不仅看见夜的黑，更看见了看不见的泥土中的种子，而种子叩问大地，给人以"于无声处听惊雷"的震撼。

　　纷繁的事物和存在，无不引发诗人好奇的打量、持续而深入的思考。如果我们引用韩琳的诗句进行描述，那就是无论"在日月里　在风雨雷电中　嚎叫"的花，还是那"折叠的蔚蓝""距离之外的美丽截图"，都是"时间为万物设置了　道场"。而"成为一个冥想者"，仅这个独句，就可以作为所有诗人的箴言，或期许。

　　韩琳的爱情诗数量不少，佳句很多，更为重要的是写出了自己的独特感受。像《爱的誓言》这首，"相知　是欲言又止的微笑/自己和自己的对垒　步步相逼地竟无出路/如何　盘活一局死棋……如果以花的名义　花将毁灭/花开到荼蘼　如火　似勇士自焚/烈焰红唇　却摇曳着果实的巨大悲悯"，诗人将情爱关系以"盘中博弈"作喻，传达自己独特的认知和体悟。再比如《抽丝剥茧地分解惆怅》这首，"爱上你　没有理由和原因/就像爱上自己　就是爱上自己……亲密　有一段艰涩的距离……赠予与获得　是共同体……公螳螂和母螳螂在拜堂　心醉神摇在血色中"，其中拜堂的"公螳螂"和"母螳螂"是令人瞠目的诗歌意象。我们知道，在自然界，蜘蛛、螳螂等昆虫在交尾之后，雌性往往会吃掉雄性。其中原委众说纷纭，但无疑是极为残忍和血腥的。诗人以此揭示两性关系中对立、冲突、斗争，甚至相互伤害的一面，可以说切中了本质。这也是那些柔情蜜意的表达望而却步，或极力回避的地方。

如果说，以上是从韩琳或简短或冗长的诗句、诗节中，辨认和寻找到的语言闪光的颗粒，那么《诵经》《供养》《追赶夏天　就是追讨异常茂盛》等作品，则给人较强的整体感和无须句摘的印象。也就是说，这是韩琳在表达上更自由、诗艺提升更为显著的作品。或许是寺院的幽静古朴激发了诗人的想象力，一时间调动起自己全部的智识和体验，诗的观照与禅的顿悟在这里相通相融。这种形式以及状态的呈现，相信会在韩琳今后的写作中大面积发生，并不断趋于深入。

诗最终要落实在语言上，在语言中达成，语言炼金术也成为诗歌的秘籍。除了《穿行在时间的琵琶骨上》，《我的逃离深烙着亲密的吻》《按倒的黑夜仍旧是黑夜的一部分》《黑暗是黑暗的终结者》等作品所致力的，同样是让标题也成为闪光的诗行。从中可见韩琳对诗歌的提炼。当然，从语言的散金碎银到整体性的浑融和无懈可击，有一段很长的路要走，甚至耗费诗人的一生。但这无疑是值得的。

那丰厚的精神酬劳，无以言表的极致体验，是诗人永远的诱惑。

# 自由和美善

## ——郭鹏诗集《沸腾的生命》读札

青年诗人郭鹏，为自己即将出版的诗集取名《沸腾的生命》——一种生命激情的喷发，一种昂扬向上的精神姿态。由此，我们感受到年轻人身上那种特有的热情和活力，对生命状态的理解、把握以及忘情投入。这种勃发的生命意志，值得我们珍视。因为，它对诗歌（艺术）创作而言，可谓一股强劲的动力，一种持续、高效的精神燃料。

对于写作，郭鹏在诗歌中也进行了表达："祈求那电光火石般的灵感/在一刹那间迸发""奋然间手中的笔/化作一副飞驰的犁"。当然，诗歌写作仅有热情是不够的，还需要灵性、智识，以及长期艰苦的艺术磨砺，甚至更多。

这本诗集就题材、内容而言，主要有两大类。一类是爱情诗；一类是诗人对于抛洒热情和汗水的地方——空港新城的倾情书写，其中还有对这块土地上历史人文的沉思与触摸。先说爱情诗。郭鹏的情诗给人的直观印象，就是其中充满了绮词丽句，像"娉婷""婀娜""倩影""缠绵"等等。这些略感古典的修饰语汇，一方面展露了诗人的缱绻情意，另一方面也缘于情感世界特有的旖旎和妖娆。自然，情感世界是多姿多彩、有层次和深度的。比如初恋时的纯情和忧伤，"丘比特的那只神箭射错了方向/两颗心从此受了伤/每夜　枕着你的名字入眠"；比如爱情的神奇，由于"相思渲染了颜色""期许增加了高度"，从而让一只灰白色的高跟鞋变成了桃红色；再比如感情的深挚，

"唯愿彼此为桨/再荡涟漪五十年";还有对于爱情的生死相约，"许你地老天荒/许你死生契阔/更迭树叶与年轮/不变岁月与初心"。

总之，郭鹏在他的诗歌中，丰富而层次分明地呈现了爱情生活的种种情态。其情感表达的方式是质朴而直抒胸臆的。这当然能感染到人，感动到人。但诗歌形象的塑造也很重要，这决定了诗歌的成色和品质。"颈间的虹"就是一个醒目而精警的意象，作者的浓情蜜意穿缀成珠链，悬挂在恋人颈间。可以设想，如此提炼和塑造诗歌的意象和形象，若能成为一种有意识的行为，那么，经过一段时间的训练和打磨，定会产生批量的语言成果。

位于西咸新区的空港新城，短短几年已然崛起。它的临空物流、国际商贸以及高新技术产业，令人侧目。而这样一座现代商贸之城，如何与诗歌发生碰撞和联接，我们可以从郭鹏的诗歌中找到例证。"蓝天下诞生一座新城"，而诗人是无数建设者中的一员。作为新城崛起的参与者和见证者，他完全有资格发出心底的呼声："奋斗的汗与泪积蓄了许久""多少回艰辛里开疆拓土/多少次荆棘中筑巢引凤""采一抹保税区云蒸霞蔚的蓝/幻化成廉洁诚信的铮铮誓言"。在《六度春秋》《空港之泉》等作品中，诗人集中表达了对这座城市的深切感受。同时，新城所处的地理区域，也是一个风土人情和历史文化深厚积淀、交相辉映的地方。《我在空港的杏花林等你》《北杜秋柳》等诗，就写出了特有的地域风情；而《致上官婉儿》《冬日群访萧何墓》等作品，则重在挖掘历史文化中的诗性。这样，郭鹏的诗歌表达，由当下的城市生活延展到地域以及历史的纵深，有了空间和时间上的双向打开，因而显得难能可贵。

在这两大类作品之外，还有一些题材的书写给我较深的印象。试举两例。像《明前茶》这首诗，写的是茶叶，茶叶的生长以及冲泡、饮用过程，但顺着"最美的绽放""超度""唇齿约会"等词语的引领，我们发现诗人最终进行的，是对生命的理解、认同以及经验传达。再比如《萤火虫的墓志铭》这首，"鼓足了毕生的光亮/只为那一刹那的闪耀/空气中弥漫着悲壮/在荒芜落寞的山冈"。这首诗通过透析萤火虫的生命，达到对人类命运的认同和褒扬，意境、氛围的渲染，烘托出一个永恒的主题。

由此可见，郭鹏看似散漫的书写中，一些重要的诗歌主题、逐渐清晰的诗歌脉络已经呈现出来。当然，这需要耐心，需要锲而不舍的技艺操练，最终，在语言的锤炼打磨和生命本体的思悟中达到某种程度的契合。

通读这本诗集，可以说其中的每一首、每一行，鲜有矫饰和做作，在表达上哪怕笨拙，但始终透露着真诚。这也是诗人应该保持的品质。我与诗集的作者并不熟识——仅有几面之缘，但他的和善、机敏与睿智，给我留下了深刻的印象。我想，诗歌对于郭鹏，不仅是一种情怀，还是生命质量的提升方式。在纷繁杂芜的现代社会，填充我们生存空间的除了相对丰裕的物质，还应该有诗意和诗性。诗歌塑造人的心灵，生成诗人的精神面相。我们由此寄望诗人，在生存实践和诗歌表达的过程中，能够切近并真正拥有自由和美善——自由的灵魂，倾向美与善的生命，这肯定也是"沸腾的生命"的初衷和终极图景。

# 诗在散文中的生长

## ——读剑熔散文诗集《照金》

  诗人剑熔，原名李建荣，在渭北高原一个叫"下石节"的煤矿工作，直至退居二线。他属于铜川"60后"写作者中起步最早的那一批，且坚守本土、创作从未曾中断这种精神让人心生敬意。他写诗，写散文，写小说，在海内外报刊发表了大量作品，已结集出版的就有《山野风铃》《风牵着的手》《凤凰岭》《从指缝间滑落而下的阳光》《家园书》《矿脉》《人生笔记》等多部。眼下，他又整理完成散文诗集《照金风云》（后改为《照金》）。这个书名，明显带有小说或电影的虚构和叙事性风格，但其实际的内容呈现却倾向于抒情，在彰显地域特色的同时，也在诗和散文的中间地带寻求突破。在三十多年的文学苦旅中，剑熔的勤奋和执着有目共睹，相信文字也给予他动力，带给他相应的精神酬劳。

  这本集子由《照金》《陈炉》《秦直道》《山川风光》《矿山散章》五部分组成，每个部分都是片段的连缀——一种松散的组章式结构。其中，《照金》61章，《陈炉》24章，《秦直道》22章，《山川风光》23章，《矿山散章》8篇42章。以这样的规模进行书写，应该是有难度的，题材的取舍、整体布局、结构上的考虑等等，都在要求作者付出更多的心力和智慧。就内容而言，《照金》《陈炉》是本地名胜，也是有着深厚文化内涵的地方；《秦直道》与铜川有地缘上的牵连，更多是在渭北高原广阔的区域伸展；《山川风光》有铜川土地上的风物，也有作者游踪所至的其他风景名胜；而《矿山散章》取材于矿山生活，是作者生活积淀的诗意描绘。这些散文诗的题材、内容紧密围绕铜川这片热土，从中不难看出作者的爱恋和投注的热情。

对写作者而言，司空见惯的本地风物，难有新鲜感带来的刺激和创作上的冲动。不过，这种情况却有利于创作者全面掌握书写对象的特征、性状，以及与此相关的更多内容信息，为深挖深掘打下基础。从这些散文诗的书写状态来看，大有意犹未尽之感。这显然是作者熟悉把握写作对象、更多占有写作材料的体现。《照金》《陈炉》和《秦直道》三篇，其呈现几乎是全景式的，内容足够丰富，从地形地貌、历史文化遗存、风土人情，乃至季节的变迁、饮食等，都有详尽的描述。具体的生活细节随处可见，给人真实不虚、自然素朴之感。当然，对一个地域的诗意呈现，不一定非要这种方方面面、全景式的描绘；精心的剪裁、提炼和深入表达，或许能收到更好的效果。在《照金》中，作者写道："我要为一棵树竖碑，记载它朴素的壮举。"这里，"朴素"和"壮举"产生修辞上的悖谬，诗意的效果自然也就出来了。《陈炉》中有这样的句子："历史在燃烧。/陈炉在燃烧。/诗文在燃烧。"联想到那熊熊的炉火，我们真的会感觉到历史、陈炉、诗文都笼罩在一团火光中。再比如对于夜晚的来临，诗人说"矿山的夜在启航"；对于从幽深巷道走出来的矿工，他用"火神""盗火者"比拟。这些都是散文诗诗化特征的表现。当然，如能通篇进行这样的处理，艺术效果会更好。"矿灯姑娘"，对于并不熟悉煤矿工作的人来说，会有陌生感、新鲜感。这个人物形象有进一步挖掘、塑造的必要性和可能性。

说到散文诗，很多人会想到，一种诗和散文"混血"的产物，综合了两种文体的特征甚至优长的独立文体。事实并非如此。散文诗在本质上依然是诗，与散文的关系仅在于语言的散化和形体的自由等方面。正如散文诗的首创者，法国诗人波德莱尔在《巴黎的忧郁》中的题词："总之，这还是《恶之花》，/但更自由、细腻、辛辣。"观察当下众多的散文诗作品，我们会发现，这种文体已经成为诗意的勾兑或情感过剩的产物。他们缺乏对散文诗源流的梳理、对经典文本的阅读领会，书写方式和文本表现等方面自然也难尽人意。就散文诗而言，诗意或诗性决定着文体向度，诗化与散文化之间应该有一种平衡。面对诗人剑熔的《照金》这样一部倾情走心之作，我们难免有所期待或要求：让诗更集中、更强劲地在散文中生长。

# 语言、形式和内容呈现

## ——读刘玺诗集《坐在灞河边》

我还不认识刘玺，不知道他是青年还是老者。我们读诗、论诗，如果不做全面深入的探讨，不用从个人生平中寻找诗歌表达的因果线索，那么，仅仅阅读作者的文本也就够了。

实际情况是，评者、论者难免会向作者"求援"。

比如，我不确定他是青年还是老者，就与他的诗歌呈现的一些特征有关。《坐在灞河边》这本诗集，书写的是现代生活，其语言和诗歌形式却给人一种"陌生感"，隐隐透露出古典的韵味，具体一点来说：语言质朴、简括，诗歌体式整饬而雅致，有着鲜明的格律化倾向。而且，诗中平静、散淡的叙述口吻，"手心呵起春的祝福/我在冬日看尽繁花"的那种沧桑感，让我无法在心中清晰呈现作者的年龄和样貌。

这本书的作者，如果是年轻人，我们就会鼓励他进行这种有益的尝试和探索。如果是老同志，我们会认为在他的写作中存在一定的语言经验沿袭的状况，就需要融入更多的现代性诗歌因子，丰富自己的表达。

好了，先撇下这些不谈，我们还是读诗吧！

不同于现在很多诗歌的网络化、流行化趋势，刘玺诗歌的语言风格和形式感，显然有着自己的个性特征。诗集中小辑的命名、诗歌作品的命名，他都喜欢用两个字。这可能是他的语言习惯，也可能是他对修饰性语汇有意识的排除。他诗歌形式的整饬，让人想到闻一多格律化的诗歌追求。不过，我们细读刘玺的作品，整体上仍是自然通畅的，并没有过多发现为追求字数的统一而刻意去掉一些虚词的现象。

作者以灞河为他的诗歌地理确定坐标，由此展现城市生活的喧嚣，发现自然物象之中蕴藏的诗意。"迷雾一样的夜市气息／烤肉串的辣椒味飘起来／勾引味蕾的褐色记忆""河边热吻的情侣们／是月影下最美的收成""城市的灯远远近近／那是离人的心跳"，城市生活的种种情态，诗中都有细致入微的呈现。而且作者往往以局外人的身份进行观察，选取切入角度，揭示了城市光怪陆离的另一面，更添一份现代人在生存中的无奈和凄楚。

自然物象最易生发诗意，更不用说这里有古人送别的经典场景。在对灞河的静观与呈现中，涌现出很多令人眼前一亮的诗句，比如"一滴水的宽度里／有一条河的记忆""在晚风的摇曳中／看一滴水的挣扎""水鸟的眼里，落寞的午后"，等等。而"泥沙轻轻摩擦河床／在泥与沙的流年里／久远的故事诠释温情"，则在短短几句中，将细微与宏深协调、包蕴，营造出一个温润、厚实的诗歌空间。

这本集子里，还有一部分相对自由的表达，如果我们细读，仍会在其中发现语言的节制、形式的约束。可以说，刘玺的写作，始终在语言、形式和内容呈现的相互制约和激发中，开拓自己的表达空间，寻找新的诗意生长点。整体看来，《坐在灞河边》，以颇具古典韵味的语言和诗歌形式，书写了现代人复杂的生存经验。这对诗味寡淡的现代口语表达，以及诗歌的散文化倾向，无疑具有校正作用。

现代汉诗的格律化书写，至今仍未充分展开，是一个有待深入探讨、探索的议题。刘玺的写作如何走向精深和开阔，还需要富有见地的运思，并付诸辛劳的艺术实践。

第三辑

诗学随笔

# 断　句

表达彰显存在。

词语的融洽，在于心和物的统一。

剥离词语和物象的现实关联，生成新的意义空间。

缺乏真诚的技艺是可恶的，非道德的。

诗要深入的无非两个地方：灵魂的炼狱，语言的采石场。

脱离个人和个人性，而言说他者和时代，是不可靠的。

于诗人而言，写作本身就足以构成命运。

写作，说到底是灵魂的苦修。

诗，孤独者的游戏。

诗的核心：自我言说，心灵独奏。

越是深入生活，离诗越远。

诗的"谎言"胜过一切现存真理。

让诗留下，诗人走开！

诗有声音，那是寂静之声；诗有形象，那是无垠的虚空。

没有精神之光的引领，诗就陷入物质（日常生活）的黑暗。

所有的艺术都是表演艺术。

美，是毁灭，是永不回还。

你无法占有美，是美占有了你。

从悲剧走向崇高，从喜剧走向无聊。

商业是艺术的敌人，暴政是刽子手。

连文明都是野蛮的。

爱是本能，更是后天的习成。

没有自我的完整和独立，爱与被爱都是深渊。

每个孩子都是自觉的诗人和不自觉的哲学家。

生存即恐惧。

生命很短，道路很长。

年岁渐长，奢谈生死无异于一种罪过。

灵魂向上，肉体向下。这一上一下之间，生命充满张力。

岁月的魔镜前，我寻找一张不变的脸。

自我的认领，也是险峻之途。

生者和死者的疆域外，还应有一个天使之国。

走险道，进窄门，叛众离亲，成为匿名者。

人终究是要失败的，在时间之神的领地。

# 词　条

## 发　现

被盲目的意志鼓动，我以为我是在创造，其实仍是发现。我所有的工作如此徒劳，仅仅说出而已。但那廉价的沮丧也不会归属于我，我的整个身心已加入发现之物的永久运行中。

## 词　语

词语，规定性的空壳。写作，就是为其灌注血气，使之成为肉质的活的建筑肌体。

## 诗

诗，应该是与人的心灵、灵魂最贴近的一种东西，它的语言必然有着灵魂的隐秘和幽微。诗，是一种发声，至纯至真的诗必然回荡着灵魂最深处的声音。诗与生命本体的同构，也要求着语言所传达出的生命信息和能量。

## 诗　意

诗意成为诗歌唯一可靠的标识或特征时，带来蒙蔽也就在所难免了。

诗意只是某种有意味的氛围或情调，正是在诗意层面的滞留以及过度的依赖，阻止了诗歌更为深入的表达。

## 诗　歌

对于诗歌，或许可以这么说，它是在求真意志推动下，所进行的合乎人的基本伦理的美学创造。

## 本体之诗

作为一种诗性存在，或者说作为本体的诗，它在宇宙万物中容身，并以一种奇妙的方式显现自己。这是一种更为广泛的精神实体，是万物流变的链条中不曾缺失的元素。

## 诗　人

诗人这个词，可这样理解：诗与人的契合，也即诗歌精神与生命本体的契合。契合的程度，将验证一个诗人的纯粹度。

## 诗歌精神

当艺术沦为娱乐，无聊猥亵的喜剧狂欢覆盖人们的日常生活，诗歌精神已湮没无闻。

一个肤浅的时代无法承载悲剧的重量。

## 理　念

这是美的幻象，可望而不可即的理想，这是那至高的理念洒向人寰的一道光。

## 写　作

与语言同步以至融合无间的，乃是诗人的心智和灵魂，语言的成熟意味着诗人心智和灵魂的成熟。这一过程势必是艰难而漫长的。写作，就是冶炼词语的黄金。当然，我们如此道说时，词语已不限于词语本身，它在最终意义上，乃是精神的"道成肉身"。

## 精神空间

如果说小说是语言的铺张，诗歌就是语言的节制或省略，有限的言说将空出来的位置留给无限扩张的精神空间。

## 侧　重

造型艺术注重的精确和稳固、再现与静态特征，以及音响艺术的飘逸和灵动、表现与动态特征，都是诗歌所需要的，只是不同的诗人会有所侧重。

## 进　入

不仅是观察，观察太外在；不仅是认知，认知过于理性。是进入，全部身心的进入，以自我生命融汇并整合的进入。

## 审美趣味

大众的审美趣味或许是硬道理，因为它决定着市场的走向。但大众的意愿并不能左右艺术的法则，艺术的独创性原则和陌生化的审美效果往往与大众的审美趣味有很大偏差，甚至背道而驰。

## 表达与倾听

表达，首先是面对自我的，其次才是不可预知的茫茫人海里若有若无的耳朵。也就是说，真诚、自我的表达并不预设受众，他（她）在意的是表达的圆满。倾听者的耳朵有权自由选择自己的好声音，但好的表达总是置倾听者于不顾。

## 爱　者

诗人，首先是一个爱者。缺乏普遍的同情和对他者之爱，不配承担一个言说者的使命。与诗艺的精进同步，乃是创作主体的精神品质的历练。从高尚的人格和纯粹的灵魂里闪射出的光芒，穿透世代的迷雾。

## 通灵者

成为"通灵者"，意味着冒险，而艺术的创造与冒险总是紧密相连。精神探险不仅伴随发现的惊喜、惶惑的迷乱，更有血刃在灵肉之上高悬。成为"通灵者"，是获取，也是受难。当我嗫嚅着说出"牺牲"这个词，自身的胆怯以及时代的贫乏都无以回应。

# 对　抗

诗人的本质特性决定了他与世界紧张的对抗关系，也预示了无法调和的悲剧性宿命。

# 隔　绝

被社会抛弃，是可悲的；主动选择弃绝社会，是悲壮的。但结果都一样：退守自我的孤独。

# 危　险

当一个诗人享受生活的时候，诗就平庸了。而不平庸的诗、真正的诗也是危险的，足以摧毁现有的生活。

# 孤　独

孤独是一种闭合，在闭合中挖掘；爱是一种敞开，有着光源般的投射。从孤独走向爱，更广袤的世界在内外交互的喧哗中展开。

## 命　运

命运，看似是外在的遭遇，其实有着更为内在的原因。同命运对抗，很大程度是自我对抗。所谓命运不可抗拒，意即分裂的自我终将屈服于同一的自我。所谓与命运握手言和，就是不再挣扎了，说服自己，心平气和甚至微笑地接受命运带来的一切。而热爱命运，则是更为豁达的态度。经过爱恨生死、悲欢离合的历练和打磨，一颗心会更加深邃、宏阔，装得下生之苦楚、死之悲怆，装得下富足安康，也装得下厄运和灾难。

## 死　亡

犹如厚厚果肉包藏的核，死亡也是一粒种子，潜伏在生命内部。它黑暗、虚无的本性，带来强有力的腐化和侵蚀。是虚无彰显了存在，是死亡托举出生命。

## 死亡想象

死亡想象是悲剧性的、饮鸩止渴式的，它让人从严酷的生存现场暂时解脱。其潜在根源，或是对人生苦痛的逃避，或是对生命之谜的寻根问底。

# 存　在

所谓存在，不过是时空交会处的凝定；所谓永恒，不过是时空的消匿；所谓不死不生——转化是残酷的，从有形到无形，从一颗泪到一阵风。

# 居　留

尘嚣遮天，却听不见真正的声音；广厦华屋鳞次栉比，却没有真正的居留。

存在一如虚设，世界已被掏空。

# 悲剧性

生命的悲剧性，不仅在于个体的彻底毁灭，坠于万劫不复的深渊。更深的根源，来自人渴求永恒而不可得、对自身的悲剧性宿命无法认同。

# 幸福之路

幸福之路，是一条拥挤的道路，也是一条人迹罕至的道路。

把幸福寄托在外在事物上，多半会失望的。占有必有失去，必有对失去的忧虑。而内在于人的那些东西恒定不变，那是幸福之源。追求幸福的道路，一条向外，一条向内。或者说，幸福之路是经由内心而通向外部的道路。

## 永恒体验

永恒是什么？我想，那不一定是时间链条的无限延伸，而是某种程度的断裂，是永不停息的川流在特定境遇下的暂驻。现实中难以找到，一种体验，超越了物理时间的心理时间。

缺少了生命神圣意义的烛照，永恒体验就不可能发生。

## 永　恒

对永恒的渴望，也从反面印证了我们自身的残缺。在这个世界之外还存在着一个更加美好的世界，对此，我深信不疑。它是我们每个人心中理想的聚合，真善美的统一。它是幻象，是理念，是我们人类这从爬虫进化而来的毛坯所向之终极。

## 神

神，可以是宗教意义上的实存，也可以是人对自身不圆满性的至高期许。

## 极 致

人的想象力和思辨力在对神的言说中，发挥到了极致。然而，就是这极致的发挥，也不能抵达那位全知全能者，不能将其无限和完美略述一二。

## 光 体

人的意识之光投向外物、灌注外物，外物遂成为人认识自身的一面镜子。神的光体映照的正是人心深处的终极渴求。

## 理想国

国王被逐，商人饮恨，民众不知所终，我的理想国剩下三个公民：诗人、哲人和科学家。

# 片 章

## 语言：飞翔的黑铁

在日常生活喧嚣的表面，沉默的词，语言的黑铁，日益收缩、下沉，以图在更深层面保持与世界的内在关联。而在同时，这沉着的黑铁，也以飞鸟的灵动从深渊跃出，它不寻求打击，而是迅速焊接心与物、自我与世界碰撞的火花，铸造一个虚构的精神共同体。

## 语言：作为信物

语言是诗人的财富；除了语言，诗人一无所有。诗人和语言独处，也相互映照和印证。

就诗歌本身而言，语言不单是诗意的载体、诗人手中的工具，或单纯的形式问题。作为心与物、精神与世界沟通对话的中介或整合之物，语言就是诗歌的全部。它以血肉组织的形态，寄存和养育着我们那些所谓思想或观念的内容，不仅是自我生命的形塑，更是在自我与世界的关联、互动中，所能出示的唯一信物和见证。

因此，才有人将写作归结为"寻找自己的语言或句子"。寻找自己的语言，也就是寻找自己的言说方式和话语体系。当然，这有个前提：辨认语言，也在语言中辨认自己。

自然，语言并不局限于呈示或塑造诗歌形象。诗在语言之外的情形，正是来自语言的指认和暗示功能。与诗相遇，投奔语言是一种情况，被语言召唤是另一种情况；最终能否被语言接纳和认领、得到它的最高奖赏，还要看个人修为了。

## 语言：作为材料

是材料，就有性能。不同的材料具备不同的性能。我们期望达到怎样的目的和效果，自然会选择用怎样的材料予以实现。语言材料的选取和运用也是如此。

诗歌犹如建筑，语言就是垒砌的一块块砖石（感谢汉语的方块字，给人以砖石的感觉）。作为诗歌基础性的材料、诗意生发的依托，甚或诗人创作个性的标记，语言怎么强调都不为过。诗歌的个性化，首先表现在语言的个性化。流畅却寡淡的现代口语，不利于个性化语言的生成。方言、古语，以及翻译体语言，都是值得借鉴汲取的语言资源。打破现代白话双音节词语的表达习惯，有意制造滞涩，延缓语言在流动中的速度，这是一种陌生化的处理，也有利于个性化语言的形成。

诗人的个性气质，决定了他的语言风格。或紧密厚实，或轻巧委婉，或阴冷刚硬，或热情柔媚……当然，也不排除他依照自己的审美理想，在语言风格上的着意追求和拓展。诗歌的语言表情达意，但也要避免逻辑漏洞。浮泛笼统的抒情值得警惕。坚实、准确，也是诗歌语言的必备品质。

# 言、象、意

诗意呈现和诗性表达，是作为物质材料的语言在一定规律下排列组合中的生成，语言和诗（诗意或诗性）正如肉体和灵魂，是承载与寄寓的关系。正是沿着言、象、意的脉络，我们走向对一首诗的领悟和解读。作为能指的"言"与"象"似乎是达"意"（所指）的中介，所谓得鱼而忘筌。然而，诗的呈现和展开是一个连续并回环的过程，"釜底抽薪"或"过河拆桥"只会将主体陷于孤绝之地。在诗歌的世界，从不存在一个无意义的载体，也不存在一个无所承载的意义。能指与所指的有效整合，才最能体现一件作品的价值和意义。

## 诗性语言

为什么强调词与物的关系，而忽视词与我（心灵、主体、精神）的关系？起初，语言是对事物的命名，其中有诗性语言，但更多的是工具语言。后来，语言有了自身的逻辑，不断丰富的语言文本逐渐偏离命名的本意，并通过多次的引申和转义，指向一个更加丰富、多义乃至歧义丛生的世界——文本世界和物质世界的叠加、交混。此时，"去蔽"是必要的。事实上，"去蔽"形成的是新一轮的遮蔽，"去蔽"并非一劳永逸。

词与物的关系，或者说，与物最为贴近的仍是工具语言，而非诗性语言。诗性语言永远产生于心与物的相遇、交接、融通之后，是二者交混、融合的产物。以诗性语言验证所指之物（而非内心）的真实，实在荒诞无趣，也背离了语言的诗性原则。这也就是说，诗歌的真实并不是以现实的尺规来量度的。

而词语静默，一种无声的表达，恰似人在沉默，灵魂在掩抑中的状态。浩大时空，冥冥之中，词语和人的关系，是相互寻找、相互确认，最终生成一种幻境——另一种现实的可能。

# 意象化

在文本区间，语言就是一种运动，或开启于情感之流，或肇始于叙述的语调和节奏。意象是醒目的，如金灿灿的果实，结在语言藤蔓上；将拣选的物象，进行意象化处理，赋予一种情感的真和思想的内涵。这样，自然的、社会的诸多事物和现象，就不再与我们的生命和存在漠不相关，甚至就是我们自身原有的东西。意象化不仅是一种文学手法，更是将自我和相关联的一切进行整合的有效手段。

# 深度意象与黑暗意象

物象，近乎完全写实，其指向和意义是单一的。意象，是主观的思想情感和客观物象的结合，具有多义性。而隐喻性意象、象征性意象，则极大地扩展了这种多义性和意义空间。如果说诗歌就是意象化运作的过程，那么，隐喻性意象、象征性意象显然是具有深度的，可称为"深度意象"。美国诗人罗伯特·勃莱的"深度意象"，是向人的无意识层面的跃入，是向内探求，"对非理性材料的理性处理"。这当然也是一种深度，无意识层面的晦暗性不言而喻，诗歌的可解性也会降低，但最大程度上接近了心理的真实。勃莱所反对的庞德和艾略特诗歌中，那种向外的停留在意识层面的意象，同样也是具有深度的，而且涵盖和统摄的范围更广。

赋予意象一定的深度，幽暗色调不免呈现出来。我这里说的"黑暗意象"，却不是由于思想和意识的深入导致的结果。它是人生的负面经验的转化，"重口味"诗歌审美的生成。它是黑色调的、哥特式的，些许邪恶、刺目而令人不适。这当然不是一种愉悦的表达，它对应的是身处现代社会的现代人所面临的一种极端处境：不可逃避，无能为力，又心有不甘。"黑暗意象"是一种设置、一种呈现，又是一种承担。在令人难以忍受的情境之中，一股强力散射出来，指向自我和现实的赎救之路。

## 诗歌本体

谈论诗歌，语言自然无法回避。语言是诗歌的载体或者说物质外壳，是为疾驰的诗意罩上的笼套。停留在诗歌的物质层面，显然不能触及更为内在的诗歌本体。"诗到语言为止"，只能说明想象力的贫乏和认知的肤浅。好的诗歌，它的语言与本体之间是浑然的、一体的，有着血肉联系，就像你不能任意揭下一个人的皮肤。

那么诗歌的本体到底是什么呢？当我们如此追问时，语言的局限性就凸显出来，也恰好说明人们对认知的渴求。在我看来，诗歌的本体就是生命意识灌注的存在之物，诗歌就是对这种存在之物的命名和言说。

诗歌存在于向内的凝视和向外的观照之中。意识和无意识领域的深广莫测，暴露了语言的局限，有限的命名令诗意大面积流失，而在此时，隐喻和象征便有了广阔的用武之地。

因为诗歌本体的存在，语言成为可能；或者说，语言是通往诗歌本体的桥梁。恰恰在语言结束的地方，诗意才真正展开。

在今天，科学理性的成果使存在之物被各种观念和价值判断所笼罩，诗歌就是对这种遮蔽的再度敞明，对这种囚禁的再度放飞。

## 想象、想象物

想象，不是漫无目的地空想，而是以生活为原型的创造性活动，它催生并刷新诗歌意象，参与诗歌形象的塑造。想象不是一种认知行为，却是人的精神结构中具有灵性和梦幻品质的部分，在诗意的生成和转化中起着巨大的推动作用，为诗歌的腾空插上双翅。而想象也会使想象之物成为一种存在，非实存的存在。当想象的理由支撑起想象之物，在确认与感知的过程中，虚拟遂成为一种现实。尤其是当想象之物被强化，被无数世代之人强化，就成为无可辩驳的事实。

# 道具或替身

　　小说家可以设置各色人物、各种情境，如果他发掘灵魂，探讨罪与罚，不妨把这些人物看成作者本人的分裂和统一。而诗歌相对单一，或曰单纯，诗人没有那么多道具，于是他便将自我，以主人公的身份推向险恶之境，接受命运的苦役、精神的刑罚。

　　当然，还会有另外的方式。比如隐匿抒情主体，不再让"我"站到前台，赤裸裸地呈示，让他者、他物成为"我"、我的一部分，替我言说。这样，自我表达就有了道具或替身。这是内心与外物建立联系，结合、重塑的过程，也是诗歌意象化运作，魔术、巫术、通灵术的基本原理。

　　诗人拥有的，不是一支描摹现实的画笔，而是点石成金、创造第二现实的魔法棒。此种现实最终呈露的，是一个有结构的空间。这是诗意的空间，审美的空间，也即诗人的精神空间。诗人的创造力最终也将取决于他扩展诗歌空间的能力。

# 痛感体验

　　优美，是人们对诗歌普遍性的认知和期待。而在充满风险的现代社会，这种美学上的风格已经变得普泛和肤浅，丧失了应有的深度，某种程度上就是对现实的粉饰和歪曲。对于美，以及美的事物，如果不作生活化、大众化的狭隘、偏执的理解，那么，生命存在的种种际遇、人类社会的种种现象，都可以成为艺术观照的对象，并通过艺术的有效转化而成为审美对象，或者"美"的形态。这其中也必然包含丑的、恶的、血腥恐怖的、黑暗堕落的，不唯明亮、温暖和赏心悦目。可以说，真正的正能量，皆来自人生的负面经验。痛感体验既然无法避免，就将它转化成强烈的审美愉悦吧。

由此，我们可以看到，现代艺术奇特的形式与结构，对应的正是现代人在现代社会承受的灾难。在权力、资本的操控下，人的全面异化和分裂成为现实。此时，艺术的态度不再是奉迎或屈就，而是决绝地以对抗和否定来回应。

## 默读和朗诵之间

一首诗构成一个话语系统。字词的组合、繁衍，句子的分行、排列等，其形体特征和视觉效应相当明显。语言的交织，亦是形象的森林。一种被称为"图像诗"的，更是将形体建筑推向极致。音乐性于诗歌以及对此的追求，已是共识。语言自身所具有的音韵、声调、节奏以及旋律感集合而成，就是一部音乐的交响。这交响，自成系统。

诗是语言艺术，语言的本性即是静默。语言艺术却非沉默的艺术。它是一种综合，诉诸视觉、听觉、嗅觉、味觉、触觉的，都会有所表现。它不仅陈述，还以象征或暗示的方式揭示事物、传递认知。声音是唤醒，也是显明，但诗的深度非声音艺术所能承载。诗向朗诵靠近，以求联结和共赢，广泛传播的同时，却是以诗性的消减、诗歌本位的偏移为代价的。我们都可能有这样的体会：朗诵进行中，朗诵者表情、形体动作、声音魅力、情感的渲染，以及灯光、舞美、背景音乐等都到位了，唯独诗闪烁其词，难睹真容。

说"诗是默读的"，很大程度基于诗和语言自身的特性。语言的静默，对应的是诗人内心未被显亮的幽暗和混沌。"默读的诗"，也应占据现代诗的核心和重心位置。但这并不意味着：诗不可以被朗诵，朗诵诗的身份也值得怀疑。事实上，朗诵诗一直存在，某些特定场合也需要这种形式。而且，站在整体立场上考虑，不同艺术门类间的跨界和联姻不仅可能，而且必要。因为新的艺术形式的产生，以及各门类艺术自身的肌体活力都有赖于此。

在默读和朗诵之间，在语音、语义及其形体建筑之间，诗滑动着。

## 自我和面具

对于自我形象的好奇和迷恋，是艺术最原始的冲动。我是谁？这一根柢性的生命追问，从人类童年的天空响彻至今，引得无数探索者倾注热情和智慧，也成为艺术、哲学和宗教共同探讨的谜题。

在生命的每一阶段，我们都能感到一个当下自我的存在，而个人的精神成长、社会性因素的塑造以及时间的冲刷，使得这个自我总是处于不断异化、非我而终我的过程。我是哪个我？哪个时间节点上的我？究竟有多少个我？可以说，自我的演变是一个不断失去、不断增殖的动态流程，这个自我是所有我和非我的集合。

当然，若是努力辨拨庞杂的构成性因素，潜入幽暗的意识深层，就会发现自我的话题愈是深入愈是迷惘，自我的追问最终仍是一个谜。

一个人可以分裂成无数个我，无数个我的聚合仍不能构成那个完整的我。自我之谜，在寻找途中，不会一劳永逸。放弃对自我的探索，也就意味着默许无数异己性物质在脸上叠加，致使对本真的离弃。

面具，便是这异己性物质的凝聚和钙化；根源于自我的迷雾和深渊，由社会性、文化性因素加工，也有赖时间耐心的手艺。戴上面具，就难免展示和表演。一层层叠加，一层层剥离。这面具，或是非我的悬挂和交叠，或是隐秘自我的另类表达。面具碎裂处，自我亦分崩离析。

面具之谜，源于自我之谜，同样地幽深难测。如果说，自我并非一个一成不变的状态，它总是处于时间和万物的流变中，处于成长状态，那么，也就意味着可以以一种非我的方式，完善自我。面具的存在即是合理。

## 自我言说的有效性及可能

对于诗歌，一种由来已久的误会就是，一旦抒情或叙述主体以"我"的身份出场，所有的表述就被限定在个人范围，其价值和意义也大打折扣，似乎只有代之以淹没个体声音的"我们"，方具发言的有效性。

其实，自我言说既可以是针对自我的言说，也可以是以自我为观察角度和体认方式，面对内在精神和外部现实的言说。因此，自我言说不总是自说自话，呈现绝对的个人性、私密性。而且，我们每个人都处在与他人、社会、时代以及世界的关联、互动中，加之人性所具有的同一性，也就不存在一个完全封闭、私密，与他人没有通约性的自我。因此可以说，自我言说是真切的、可信的，也是可靠而有效的传达方式。它以"我"的在场为前提，亲历和见证；以鲜明的个性化特色转述，并能在个性与共性之间找到融通点，或在自我之中容纳更多他者及社会性因素，以便得到更广泛的认同。

以独特的个性、本真的自我示人，无疑是可以立世的。正如浪漫主义诗学所表述的，诗是诗人个性的展示，是一种心绪和灵魂的语言。然而，现代抒情诗自浪漫主义诗学继承了部分遗产后，实现了更多的变异，其中就有对自我和个人性的全面离弃。一如艾略特式的表达：不是表现个性，而是逃避个性。这不禁让人困惑，诗歌主体和经验自我的关系究竟怎样？自我言说的有效性在哪里？

或许，这只是一个事物的两个侧面。作为一种自我表达，人格精神的再现，诗歌无疑会勾画出诗人的脸谱，呈现他们的精神肖像。当然，会有一些诗人刻意回避"自我"在文本中出现，以"不在场"的方式设置意象和情境，甚至变异现实、排除个人化的东西。这种反向的诗歌姿态，说到底，仍是以情感、个人性等因素为轴心的。自我的缺席，为的是呈现事物的真实。这显然是另一种方式的自我言说。

立足于自我表达，对自我内涵的丰富和扩展绝对必要。如此，也就不排除这样一种实现的路径——持续地，以异己、非己性的因素融入自我，并通过有效的整合，形成一个不断接纳、逐渐开阔和更具包容性的生成性自我。

## "我"的诗学层次

若借用心理学概念做诗学方式的考察，"本我"就是原本洁净、无面具的自己，"自我"是经过物化、戴面具的自己，"超我"是要粉碎面具、完善的自己。"本我"倾向自然，"自我"倾向社会，"超我"倾向宗教。"自我"用于自保，"本我"是成为自己，"超我"是抬升自己。以"本我"状态写作的诗人，是本真的、纯粹的，也是极为稀少的；而以"本我"状态处世，由于缺乏自保能力，会是艰难而危险的，顾城即是如此。以"超我"状态写作的诗人，也是纯粹的，绝无仅有地倾向神性；而"超我"状态遭遇现实，情况也不太妙，荷尔德林如此，海子如此。相比之下，大多数写作者都是以"自我"的方式写作，他们是生活诗人、现实诗人，以埋没"本我"、放弃"超我"的方式，获取俗世的安宁。如此说来，真正的诗人就是天生的，并不多见（他们或许也对自身的异秉充满怨恨，而命运往往让他们别无选择）。大多数如我辈者，尽管后世习得某些为诗技艺，但离真正的诗还是很远。

## 诗人的位置

在现实和文本之间，诗人显然处于中心位置。没有诗人这一生命体的存在，对现实的认知和感受以及文本的生成，就无从谈起。而在此关系中，诗人的作用绝不会像一面镜子那样简单和机械，其创作的心理机制和语言策略往往要复杂得多。若作一物理性质的譬喻，诗人就像一枚多棱透镜，直射、折射、反射着来自现实世界的各种信息，最后通过光线的聚合形成文本世界。实际上，诗人在此过程中的作用并非物理性质，而是化学性质——以复杂精深的技艺生成第二现实，即非现实的文本世界。

无论以何种方式辨别和透析，诗人的中心位置都不可更改。强调这一点无非是想说明诗人的生命品质和灵魂品质对于写作的重要性，就像那枚棱镜的质量最终决定着文本的质量。伟大诗人之所以伟大，首先、而且始终源于灵魂的伟大。对诗艺的精益求精是诗人一生的功课，对灵魂的培养、塑造和提升更是一生的功课。

# 诗与现实

写诗就是造梦，现实塌陷的地方，诗在重建。现实，也可以是诗的温床，提供源源不断的材料和资源。但实际情况没这么简单。诗与现实的关系，很大程度取决于诗人和现实的关系。

"我痛恨现实！"波德莱尔恶狠狠地说。不唯波德莱尔，很多诗人、艺术家都持同样的观点。一种源自生活的情感，也自然参与到艺术的创建之中。

不容置疑的是，现实永远是外在于诗人内心的一种强制性和压迫性的力量。人的成长和存在，离不开具体时空、现实处境，社会的、文化的现实性因素，也参与人格的塑成。而诗的运作有赖于幻想——依照理想原则进行的天马行空的幻想。诗在很大程度上就是这种精神幻境的延拓。它时时处处受制于现实,被现实钳制。钳制和挣脱之间,对抗产生了——不可解除的对抗。

当然,这对抗并非总是剑拔弩张,也可以是温和的、不卑不亢式的。拒绝和否弃是极端情况,造成可怕的冷漠、疏离现象。现实扼杀诗;诗也消解现实,创造非现实。

诗与现实之间,有通融和谐的一面,也有激烈对抗的一面。但不可调和的冲突是其关系的本质。"古老的敌意",也不会因为一时一地的表面融洽而有丝毫的懈怠。现实故我,诗也不会改变自主的立场。

诗在现实之上,是蒙盖于现实之上的一种非现实。它充分利用现实材料进行艺术加工,或只取其中有限的一部分并糅合主观幻象,或将现实的残余作为出离现实的起跳之处——诗有充分的自由度。

选择与现实通融、和解,甚至屈就;或者是将现实粉碎、瓦解,逐出诗的领地——诗人享有特权。


## 诗歌本体及其外延


对抱有科学态度的理论家来说,诗歌本体只能到诗文本和诗论中寻觅、一窥其形。但对写作者而言,诗先于表达而存在。其理念和结构模型,以混沌的方式存储于人的意识中,只待唤醒。

诗是一种先验的存在,然后是语言事实。

当诗歌变为一柄利器，精准、果断、甚至粗暴，面对社会现象和人性弱点开刀，在酣畅淋漓的剖析中，我们仍觉出不足。那是诗性的缺失。这种缺失，让诗人成为看客、屠夫，诗歌成为无生气的冷冰冰的物质和机械展示。诗歌的"物质化"倾向，意味着诗人的缺席。物象充斥，不见意象。只有物的横陈，没有心与物融合乃至再造。

　　诗歌本体与生命本体同形同构，由内而外，依次是无意识、意识、情感和思想。对外在事物的反映和传达已经走上了工具化的道路。道德说教、政治目的等，已经将诗彻底工具化，丧失了诗之为诗的基本前提。然而，诗歌的工具化无法避免，甚至必要。因为诗不能以自身为旨归，它是一个活的机体，必然有所反映、认识和承担。纯诗论在返本还原的过程中，因过分排他而自我限定和拘禁。但过分的工具化，也会让诗变得面目全非、丧失身份。

　　诗歌本体，是以生命意识灌注的特有语言形式呈现的。然而，这形式有其本质的规定性。也可以说，诗歌本体的先验性，并不排除实证方式这一途径。诗歌本体建设，首先是对诗之为诗的澄清，厘清诗本身及其工具化的界限；其次才落到语言、形式、结构等内容。

　　透过充分外化的艺术构成要素，诗歌本体建设的根柢显露出来，那就是灵魂的塑造和生命的净炼与提升。

## 悲观或主义

　　悲观，不是悲伤，不是悲痛，更不是厌世。悲观是一种对人生和世界的看法，是观察的角度。当然，悲观确实会给心灵带来负面影响。当悲观上升为"主义"，就是一种理性的认识，一种哲学的考察。乐观主义的肤浅和盲目以及悲观主义的深刻和片面，都是显而易见的。悲观主义，无论是在理论上还是在现实中，都是驳不倒的。历史上，悲观主义的盛行，必然与人类命运遭受重创、苦难肆虐的时代背景联系在一起。

## 传统与现代

对应于现代，人们常常说到传统。所谓传统，也是一个模糊的、言人人殊的概念。具体到文化和诗学范畴，它的存在犹如家园，既提供无穷的给养和庇护，同时也形同黑洞，吸附并吞噬远行者的脚步。古典诗情如若不能在更深的层面进行精神上的传承，或者漠视、排斥现代性的艰难探索，就会沉沦于历史巨大的惰性。对于今天的我们而言，现代和传统之间，无疑是断裂的，存在一个巨大的、尚且无法弥合的裂隙。现代性的道路疑虑重重，传统的面貌也变得暧昧不清。在这样一个历史的节点和机遇之下，诗歌就是一种自觉的寻觅和廓清。当然，这也是困难重重，甚至异常艰险的。

## 写作与虚无

呈现和塑造、刻画和铭记，将事物从幽暗无名的状态，带到光亮处，让我们看见并识别——这就是写作。有价值的写作超越种族和时代，具有恒久品质。我们也可以说：写作是对生命和美好事物的挽留，对时间的抗拒。其终极意义上，则是为了对付死亡和虚无。

吟唱荷马雄壮的史诗，倾听"关关雎鸠"的咏叹，我们迷醉于语言的魔力。正是对永恒的渴望，诱使和驱动诗人。词语镌刻的力度，也给他们带来虚妄的雄心。而写作，面对的不仅是喧嚣的当下，还有幽暗的历史、不可预知的未来。犹如一粒微暗的火，背靠夜之深渊，倾向黑暗的世纪。亚历山大图书馆的火光、焚书坑边的血迹，让我们相信：历史这位老人并不公正，缺乏良知和爱心。

从更大范围来看，无论我们多么努力，就自身和这个世界，能够言说和言说的有效性都是有限的，甚至非常有限。写作，黑暗中的言说，或是把黑暗撕开进行言说。执着不息，仅有一小片夜空被照亮。语言之光照亮，语言之光闪逝。

写作对抗虚无，也化解虚无；但其自身的虚无性质，也是一种存在。正如每一个生命，都携带着死亡的种子，暗含一种内在张力。对我们而言，或许可以如此行进——以镌刻之心开始，以遗忘之名结束。

# 功利化写作

把文学当作改变个人命运、赚取社会身份、赢得人生尊严的时代，一去不复返了。这不仅来自体制内部的变革，更来自商业的冲击。如果说文学依然神圣，那么，它不是作为现实中的一项产业，而是灵魂、精神永驻的家园。

这个时代，文学何为？成为权力的工具、体制的奴隶？还是商业的同谋，分获不菲的利润？功利化写作，在这剧变的时代不可避免，但终非正途。

功利化写作的不可靠表现在：写作的出发点不是基于生命的内在需求，而是更多建立在外在事物的嘉奖和推动中；不是把文学当成内心永恒的事业，而是用它尽可能地赢取功名。若在强大外力的推动下，功利化写作不排除可以产生一些好的或较好的作品，但由于出发点的偏离和写作初衷的悖谬，其肤浅、媚俗乃至低劣的品性，并不让人感到意外。即使是一些成色不错的作品，往往未及有效深入就仓促收手。一些所谓成功的作品，其局限性也显而易见。

也许，只有最大限度地剥离附加在文学上的现实功用性，以及写作者那点可怜的虚荣，切近存在真相和生命本质的有价值的作品，才可能批量产生。

# 诗歌的社会性

不排除诗歌的认识价值和社会意义。人们对于诗歌社会性的认识，要么肤浅和表面，要么狭窄和极端，也因此导致最大的误解和中伤：诗歌之所以被冷落，根本原因就在于不关注民生疾苦、不关注现实。

对社会性的强调，无非是期求诗歌尽可能地参与现实，进入时代，以自己的声音汇入公共话语，得到社会公众的普遍认同。这无疑突出了诗歌的现实功用性，也可以说是工具化的第一步，其极致就是宣传的标语和口号。而事实上，在这个诗歌被彻底边缘化的时代，无论写作者如何介入现实，甚至不惜向公众献媚乞求，在生存和娱乐之间无以抽身的他们，也不会投来真正关注的一瞥。

诗歌介入现实，参与社会生活，并非不可能，但也只能是以抽象和概括的方式。相比之下，小说的社会性就直观而丰富得多。总体说来，文学的社会性只关涉认识价值，而审美价值无疑是文学的首要目的和核心。如果非要索求认识价值，尽可面向社会学，而非文学。

其实，诗歌的个体性和社会性之间本无鸿沟，仅与写作者的倾向性有关。任何一位写作者，其个体性之中必然包含着不同程度的社会性。因为他绝非无本之木、无源之水，每个人都无法脱离具体的时代和地域。无论直接还是曲折的反映，社会性必然蕴含其中。

# 读图时代

这时代，无论被称为"大时代"，还是"小时代"，总之，很多事物急遽变化着、激荡着，喜忧参半，令人应接不暇。摄影术的发明，实现了人类对客观事物最逼真的模拟和还原，并由此发展为一种艺术形式。而这种艺术形式最终并没有取代绘画，反而让绘画变得稀缺和珍贵。照相技术的普及和数码科技的日新月异，满足了大众的某种心理欲求；读图，也成为社会生活的一大内容，眼球经济也应运而生。泛艺术时代，进入视觉的盛宴和狂欢，虚拟渐变为现实，真假难辨的内心现实。事实上，纷至沓来的图片和影像，不仅没有对客观事物进行真实的再现，反倒遮蔽了真相。各种声音急切地表达着，冲击着、混杂着，抢占制高点，而生命内部却是一片沉寂和黑暗。这正如一帧人像摄影，并非就能传达出人物内心；正如众多的写实小说也只让我们看到表面的真实，而荒诞派的揭示却抵达存在的真谛。古老的汉字并不被视觉潮流所裹挟，它的声音和节奏需要默读体会，它所唤起的形象有赖于联想；它是低调的，但它所指称和涵容的事物却更为久长。

## 自媒体时代的表达

当一种获取和表达变得容易，甚至轻而易举的时候，其价值和意义便要大打折扣，以至变得分文不值。在时代潮流的推动下，自媒体时代，表达权充分民主化，在满足大众的心理诉求之际，也产生高分贝的噪音、群体疯癫和无以计量的电子垃圾。这些价值匮乏甚至毫无意义的图片、信息和话题，不占有媒体的实际版面，却充塞虚拟空间和使用者有限的内存。谁都想发出声音，谁都在发出声音，而又有谁是真心实意的倾听者和感动者？在这狂热并焦虑的时代暗夜，人人充当言说者的角色，而言说挤对了倾听，形成喧嚣之下的另一种寂寥和孤独。自媒体时代，制造泡沫的时代。这泡沫填充了现代人的无聊时光，诠释着生命的无意义。而语言泡沫，显然与诗歌沉潜的本性相悖离。即便搭乘这个功能齐备的新型话语平台，也丝毫不能改变诗歌孤寂的命运。珍惜自己的表达，甚至以对待电子垃圾的态度对待它，像样的或者说有价值的东西才会姗姗到来。

# 时间神

时间广大无边，贯穿天地之始、之终，人类极力挽留，也只能对其做象征性的对抗。掌握和摧毁时间的企图，只能暴露人类的傲慢和无知。如此强大而高高在上的时间，是不是具有了神的某种属性？

人生活在时间当中，而时间又是意识的产物。人享受自己的创造物带来的便捷，又被创造物拘禁和牵绊。在时间之神的俯视和苛责之下，人的孤独和脆弱，不堪一击。作为"逝者中的逝者"（里尔克语），自然也就成为失败中的失败者。然而，这种处境非但未能削减生命的价值和意义，反而将其强烈地突显出来。

由此想到，从人的内部分离出来，经过反复强化而外在于人，并被人顶礼膜拜的神灵，和人的关系也是奇妙的。有呼求有应答，有背弃有皈依，有怜恤有惩罚，与人的命运休戚相关，神的世界成为人的世界的一部分。有人说，拜佛就是拜自己，那个自己已经不是原本的自己，而是经过神化的完美的自己。

我心目中的神，也如时间般广袤和冷漠，自在自足，不为任何事物而动。它只是一种存在，邈不可及。或许，当我说出"我心目中的神"的时候，此神已非彼神。

宗教是艺术思维的产物，以理性思维考察，显然不可行。在当今这个时代，有秉持、被荫庇是幸福的，戳破宗教这巨伞的想法是愚蠢的。毕竟，人是一种复杂的存在。有秉持、被荫庇无比幸福，而我们顶风冒雨。

# 梦想诗学

　　诗人以其梦想对抗世界。这些梦想，或天真拙朴，或执拗霸蛮，但都是在自我世界里完成的。词语指涉现实，而实际上与事物本身并无关系，也不干涉具体的生活。诗人的梦想在想象的界域和文本空间内活动、再生，既对抗外部现实，又审视、消化、判定着外部现实。诗人是梦想家，按照心中的理想模式建构诗歌的空间，他与现实的关系有着疏离的内在要求，事实上总是狭路相逢。他的梦想来自远古的黑夜，来自祖先的血液，来自莫可名状的潜意识深渊，甚至来自自己的妄语、谵言。梦想充塞胸腔，诗人犹如一个易爆的气球，然而却是无比坚韧的。梦想是个人的，又具有普遍的共通性，个人的梦想与人类的大梦想相互纳含。词语也是诗人的梦想，梦想达成的唯一形式，诗人被词语召唤并接纳，像游子回到母亲的怀抱。诗人以其梦想参与并照亮世界。

第四辑

小说读记

# 寻常与不寻常的幽默叙事

## ——读第广龙长篇小说《高高的太阳坡》

第广龙是诗人，也是散文家，两种文体他都经营得风生水起。抒情和叙事，对他都不是问题。只是经历多了，见闻广了，文学思考也成熟了，他不再可能盲目抒情，拔高声调或放大音量地抒情；也不会追新逐异，以稀奇、怪诞的事物惊世骇俗。面对现实生活和自己的内心，他有低调、谦和的态度，通达、透彻的认知，同时也掌握了恰切的表达方式和书写尺度。无论诗歌、散文，他总是运用一种与生活齐平的视角，"写人，写人的寻常，写人那些不明显的举动"。这看似一种平实的还原生活本相的写作方式，但其中渗透了他内心的谦抑、对生活的敬畏。

第广龙以诗和散文闻名，早期书写石油工人及井队生活的篇章很多，收录在《第广龙石油诗选》《祖国的高处》《记住这些人》等诗集和散文集中。一直以来，他的写作重心也在诗和散文之间迁移。所以，当他成竹在胸、不事声张地写作，并将这部长篇小说发表出来的时候，多少让人感到惊奇。不过，话说回来，只要想想第广龙平时聚会的情形——神采飞扬、绘声绘色地讲述耳闻抑或目睹的人和事，我们对他长篇小说的问世，就不会感到有任何意外。他的脑子里积攒下那么多的人物、故事，那么多素材，写小说，写长篇小说，储备足够丰裕。同时，多年写诗歌、散文的经验、练就的功力、抵达的高度，也决定了他完全有能力写长篇小说。正如小说后记中所写："火候到了，时机到了，我不能再等了。"

同样是描写石油工人及井队生活，这部小说最初的标题"有谁见过呜呼鸟"就让人心存疑惑。"呜呼鸟"是什么鸟？会不会是猫头鹰？我不确定。在老家，猫头鹰也被称作"猩吼"（音），一种不祥的略带几分神秘色彩的鸟。小说中，"呜呼鸟"也没有真正现身。出自杨队长口中的还有一种叫"哀哉鸟"的，这些大概都是作者的虚构。呜呼哀哉，悲痛的样子，当它们成为鸟名，当它们带着这样的名号在夜晚发声，足以令人惊心。而在文本层面，则逗引读者的想象，带来某种象征性的寓意和虚实相生的艺术效果。

其实，小说的主体风格是极为写实的。写实风格所要求的，是对主观意念和幻想的抑制，对客观存在的逼真呈现。犹如素描和雕塑，考验着作者塑形、造型的能力。也就是说，在写作中需要更多地仰仗社会经验及生活阅历。故事以1980年代的西部山区为背景，描写了一队野外石油工人在搬迁前夕发生的一些事情。这些事说大也不大，说小也不小，是生活中并不稀奇的那种。小说观察和叙述的角度也与生活平行，并不高于生活。但正是这样的人和事，这样的写作姿态，以及一种略带喜剧性风格的讲述口吻，让我们领略到平易中的奇崛、散淡中的醇厚、诙谐幽默背后的艰辛和酸楚。

完成这样一部小说，于第广龙而言，也是对以往生活的回顾和梳理。小说是虚构的，第三人称的叙述方式也让作者成为讲故事的人，但感情是真的（尽管以一种轻松、诙谐的语调来呈现）。这在某种程度上也决定了文本开启的方式："太阳坡上，狗不叫，杜梨树上歇息的呜呼鸟也不出声。169队的人，都睡下了。"不刻意制造悬念，异常平实和简洁，但时间、地点、人物等小说要素都齐备了。在一派安详宁寂的氛围中，小说中的主要人物逐一出场，喧哗和躁动，随后成为主旋律。不是围绕一两个中心人物展开故事情节，而是一群人，展现一个群体的生活状态。

阅读这样一部小说，首先会被第广龙的语言风格所吸引。一如他的散文，小说中他也喜欢短句子。频繁的句读，加快了叙述节奏和场景的转换。同时，这样的语言也剥离了过多渲染和修饰成分，抵达日常，抵达生活的本真。小说中的故事，并不复杂离奇：由刘补裆的失踪，引出 169 队的会餐和即将搬迁的事实，以及发现太岁、活动房失火、吴先进烧伤等接二连三的事件。小说选择了第三人称的叙述方式，选择了一种线性叙事的结构模式，只是其中交织着非线性叙事的倒叙和插叙，使得小说的结构更为丰满一些。比如在小说的第四章，"那还是一个多礼拜前……"，以及第五章，交代了吴先进受伤的原因——郑在发现并带回太岁，活动房不明缘由地失火。实际上，小说往往采用穿插和叠合的方式，将叙述线索牵引出的人物，进行性格、生平的回放。这就放慢了叙述节奏，也使得在并不复杂的结构和线索之中，整个事件和人物以及生活场景都浑然融合，成为有机的整体。

于是，我们的视线和神经也就不仅被事件的发展、推进所牵引，还为交织其中的生活场景和细节而逗留。比如第十一章中，老鼻子上太阳坡滋事、与杨队长斗法的场面就很精彩，让人叹服于老鼻子的城府、杨队长的机智。可以想象，没有丰富深刻的生活体验，是写不出来的。再比如第二章中对杀猪的记叙，第十章对乡村集市牲口配种场面的描写，十二章中对卷纸烟的细节呈现，这样的闲笔随处可见，有的简约、有的详尽，但都没有脱离具体的人物、情节或环境，展现了生活的千姿百态及情趣，给人留下鲜明的印象。在吴先进烧伤住院后，169 队的职工集体割包皮为他植皮，虽是艰难时刻的无奈选择，但也够令人惊讶了。这或许是小说中最为离奇或荒诞的细节了。我尚不清楚，在过去的年代，是否真有此类事件发生，如此描写抑或具有某种反讽意味？此外，小说中还经常出现一些粗口，甚至荤口，却也符合人物的性格，是生活中的真实存在。

"鸣呼鸟"是神秘的，在一些人的口中流传，似是而非地存在着。当然还有无真道长。太岁也是一种颇有神秘色彩的生物，在小说中是真实存在的，尽管出场时间不长就被烧成了灰烬，却是使平静的太阳坡变得不平静的导火索。无真道长、"鸣呼鸟"、太岁，这些事物的设置，为实实在在的井队生活平添了几分玄幻色彩，也为小说营造了丰富的想象空间。小说结尾对人物命运的交代，也是以梦幻的方式进行的，这颇见作者的匠心。

这些真实与虚幻、寻常与不寻常，都是以作者诙谐的口吻来讲述的，精妙的比喻、令人忍俊不禁的描写，俯拾即是。幽默风趣的语言风格，淡化了野外石油工人生活的枯燥、内心的煎熬，使之以"轻盈"的特质呈现出来。其实，这并非是对沉重生活的美化，而是作者融入自己的人生态度，做出了符合个人审美的艺术处理。其结果是，避开了题材化、类型化小说的书写模式，写出了真实的生活、真正的人的形象，"提供一种'这才是写石油'的文本出来"。

十几万字的小说，通读下来丝毫也不觉得枯燥或艰涩——实际上是兴味盎然的。绵密混沌的叙述，浮现清晰的故事脉络，人物的出场以及穿插，安排得当。经过精心组织，寻常事情也能跌宕起伏地呈现。杨队长、吴先进、李双蛋、刘补裆、王轻、郑在、何乱弹、赵铲铲等，这些主要人物的言谈举止、面目性情，甚至心理活动，在事件的进程中得到刻画和强化，人物形象饱满起来。除这一群人之外，一条名叫花子的狗，也具有主要"人物"的地位，其神态或意图，作者寥寥几笔就勾勒出来了。

《高高的太阳坡》，虽是第广龙长篇小说的处女作，但他出手不凡，一出手就是成熟小说家的状态。他或许有意为一群人塑像，却毫无矫饰地写出他们最真的部分。求真，不仅追求一种表达上的效果，还会是作家的良知以及心性独具的写作伦理的体现。

# 底层书写的温情投射和生命关怀

## ——李子白小说集《切割高原的河》读记

李子白小说集《切割高原的河》，2022 年 10 月由上海文艺出版社出版发行，收录了作者不同时期创作的 25 个中短篇小说。这些作品，是他从近 40 年来完成的 100 多篇作品中挑拣出来的，是集录也是选粹，能够代表和体现他的叙事风格与写作理念。李子白并非专业从事创作，无论是书画还是文学，他都是在工作之余凭着一腔热情和执念坚持下来的，其中的艰辛和不易可想而知。所以说，小说集的出版对他而言具有重要意义，说安顿身心也不为过。

这 25 篇作品，在题材选取、人物设置、故事框架，甚至语言风格等方面，都有各自的面貌和特征。其中的差异性，既是作品得以存在的理由，也是创作者文体自觉和创新意识的反映。《野渡》和《蜂王》很可能是作者早年的作品，农村题材，注重民俗风情的书写。《蜂王》截取了一个年过半百的放蜂人的生活片断，没有强烈的故事冲突，只是风俗画一样徐徐展开，浓郁的乡土气息传递出人情之美、人性之善。《野渡》有些特别，其中的人物和场景，让我想起艾芜小说《山峡中》"野猫子"的形象，以及沈从文作品中的某些情节，地方风俗和人物性格都很鲜明。那似乎是一个久远年代的传奇，一个被现代文明遗落的地方。《野渡》是有魅力的，不仅在于浓郁的地方色彩，更在于作者简隽和诗意化的书写。

带有民俗风情书写特征的作品，其发生背景不一定局限在农村。《苍茫时节》就把故事背景设置在小镇上。小说记述了李三老汉等几个老年人，在城与乡、传统和现代之间的日常琐事和观念碰撞。小说有个题记：谨以此飨我一生艰辛的祖父在天之灵。很显然，小说中某个人物是以祖父为原型的。这是一篇有着散文化叙事特征的作品，小镇的风土人情，老人们的晚年生活细节，在描写和叙述中娓娓道来。

同样是乡土题材，《红鞋》则写得触人心扉。小说以第一人称的视角叙述。起初，父亲家暴母亲，而母亲忍辱负重，不仅要干地里的农活，还要拉扯"我"和妹妹。但母亲并非逆来顺受，她是倔强的，偶尔哼唱的信天游泄露了内心对爱的渴望。当然，1949 年后父亲经过改造，戒赌戒懒，回归了正常的生活。可以说正是由于母亲经年累月的濡染感化，始终未曾放弃父亲的那一份坚韧，为他们换来了幸福的晚年生活。其中的"红鞋"是一个鲜亮的意象，既是实物，也成了爱情的象征。

《有香儿的夏天》是另一篇能够打动人，并让人牵肠挂肚的作品。考古队员子壮是一个已婚青年，香儿是一个急于摆脱给哥哥"换亲"命运的农村姑娘，她给考古队做饭，照顾子壮和老周的日常。香儿逐渐喜欢上了有文化的子壮，甚至要以身相许。而子壮有妻儿，也是个温良之人，在相处中努力维持一种兄妹关系。但显然，他的心还是被触动了。两年后，考古队第二次挖掘，子壮主动请缨，迫不及待地想见到香儿。然而从香儿母亲的口中得知，香儿进城务工，不知怀了谁的孩子，最后还是"换亲"了，嫁给几十里外一个快四十岁的光棍。香儿的哥哥误以为那孩子是子壮的，便将他暴打一顿……子壮痛哭流涕，"不知是哭自己还是哭香儿"……这不是一个高加林、刘巧珍式的故事，子壮有情有义；而香儿的热情和大胆、倔烈和自尊，让人心生爱怜和敬意。香儿这个人物形象的塑造是成功的，她悲情的婚恋不是特例，那个年代的很多农村姑娘都有类似的命运。

阅读李子白乡土题材的小说，我们一方面感受到他对以往生活经历的艺术重现，另一方面也体悟到他的写作是根植于陕西现实主义文学传统之中的。但他的叙事范围又不局限于乡村，而是更多地投入当下城市生活，聚焦社会底层的各类人物。而且也在写法上求新求变，甚至借鉴现代主义文学的观念和技巧，丰富自己的文学表达。

《春风醉晚》写的是一个乡下的父亲为了给儿子陪读，在城里收废品的故事。他是一个热情、勤劳又不乏正义感的人，在某个晚上因为收茅台酒的空瓶，跟人发生了一点戏剧性的冲突，但结局是好的，他手里攥着两百块钱逃离了现场。小说有一点辛酸，但总体上充盈着温情。《三十七计》篇幅较长，人物、事件、生活内容也较为丰富。主人公苏子是一个大学毕业生，来自农村的贫困家庭，他有能力有个性，自从入赘煤矿老板家，光鲜的背后有很多不如意。离婚后，他终于找到自己的人生方向和可资期待的未来。千子是一个助人为乐的好人，而苏子也未在"暴富"的生活中迷失，算得上这个时代的有为青年。《高尔夫》讲述了名为高尔夫的单身大学教师，四处游说他的"知识恒力说"，却在一次赴约途中，因见义勇为而被几个小混混殴打并劫去钱财。这样一次意外的受挫，使得他在宏伟的学术构想和现实人生之间有了不同的思考，并做出了自己的抉择。

小说集的开卷之作《跌宕》，讲述了一场财产继承的风波，从对巨额财产的期待到偿还债务的心理落差，用"跌宕"来形容，再恰当不过。这本可以成为一个单线条发展的故事，但作者有意延宕叙事进程，以极大的篇幅插入锁子、岗子和韶子之间的交往及其家庭状况。这就使得整部小说丰满起来，有了更多的生活细节和内容，也杜绝了读者可能存在的猎奇心理，避免小说沦为故事汇形式的讲述。读罢小说，最感人的地方，是锁子这个人物的正直、严谨和担当，以及与岗子和韶子异乎寻常的友谊。《切割高原的河》以画家为书写对象，叙述了同门师兄弟李北漠和秦国南之间的故事。一个坚守艺术理想穷困潦倒，一个以商品画取得了世俗的成功，但师兄弟之间的情谊也是少有的，"充满人间的温馨和暖意"。"切割高原的河"这个题目，本身就是一句富有力度的诗、一幅动感的画面。小说在人物刻画和情节推动过程中，灌注了作者对于绘画和艺术创作以及艺术家命运的深度思考。《公儿》更是展现人性美好的作品。新兵郭诚不得已"接手"一个弃婴，从开始狼狈不堪地抚育孩子，到最后竟割舍不下。小说结尾有一段独白："这是我人生的一次劫数，感情的劫数，明知今后公儿难得一见，可那终将是我一生的悬念！"不是亲情的亲情，竟然堪比爱情的刻骨铭心。

这里需要特别提及的是《失联十五天》《陌生之城》和《暗室》，这几篇小说在我看来最能体现李子白在文本创新方面所做的努力。《失联十五天》有着中篇的长度，却没有一个连贯的故事脉络，主人公内心的独白和思辨充斥其中。他本想从这个庸常、惯常的生活现场抽离出来，却并未远走，他所谓的失联就是在"黑屋子"里把自己关了十五天，通过思考和冥想以期找到真实的自我，达至心灵的救赎。"他发现入世越深，离真实的自我越远""他想，这是他的冬眠，一种多数人不为、不会为的速成修行"。这是一篇关注现代人精神困境、经过改造的"意识流"小说，从主题到写法都算得上真正意义上的现代小说。《陌生之城》展开的是一场奇幻之旅，直到临近结尾，才交代这是一个梦境。但小说的主题仍是寻找，寻找现代人在庸碌无常中失落的生命意义。

《暗室》尽管写实风格十足，但在侦探小说的外壳下，却包裹着一个弗洛伊德式的主题。被称作"心苑"的暗室，是一个不愿见光和被人打扰的私密空间，那也是内心潜意识、无意识的空间，既容纳美好也容纳无意识的怪兽。"暗室"是个隐喻，小说的写实风格也在最后暗室开启的一瞬，具有了象征的意味，深化了作品的内涵。

小说集中的其他几篇作品，也各具特色，自成风格。比如《长城故事》中悬念的设置和传神的心理描写，《最后一片森林》的传奇性色彩和环保主题，《水存》的真挚和底层关怀，《新世说三篇》中的谐趣，等等，在此就不一一赘述了。

整体来看，李子白的小说呈现了"底层书写"的特征。其中的大部分人物都是普通人，而普通人的生活、生存状况以及他们的性格、心理和精神面貌，是能够体现时代特征的。在当下常见的底层书写文本中，有的着重于对某种社会现象和人性之恶的揭示与批判，有的着重于对底层人物及其命运的体恤和关怀。这是写作的两极，两个方向，殊途同归。而李子白的小说创作显然属于后者。支撑起这种"温情叙事"框架的，首先是人物的设置。比如给锁子安排了岗子和韶子这两个好友，给李北漠安排了秦国南这个师弟。其次是故事的走向，比如在青春校园小说《蜜果与疏影》中，校花蜜果追求才子疏影而不得，冲动之下动了刀子，然而探监的疏影却对蜜果许下诺言："如果你愿意，两年后我们在一起。"这样的人物设置和故事安排，让读者在阅读过程中感到安慰，感到生活中的温情、人性的光辉。

当然，我们也知道，写实风格的小说侧重于现实摹写，在某种程度上也要符合生活逻辑。但人物的性格命运、故事情节的发展，归根结底是作家的主观意识在起作用。阅读小说集《切割高原的河》，我们结识了很多个性鲜明的人物，经历了很多跌宕起伏的故事，在温暖感动或会心一笑的同时，也对隐身故事之外的作家本人不再陌生。他对生活的看法、对人生的态度，甚至他内心的某些隐秘，我们也会有所洞悉。

# 艺术生活的困厄与精神突围

## ——读丁小龙小说《世界之夜》《幻想与幻想曲》《万象》

　　在陕西，年轻一代的"80后""90后"作家，大致有这样一些醒目的标签：学历高、起点高、富有才华、阅读广泛而深入。他们的写作，已不满足于传统写实主义对生活资源的过分依赖，对人的社会性阐释；而是更多地观照精神现实，寻找人物命运的内在根由，探索叙事艺术的诸多可能性。他们表现出对1980年代业已落潮的先锋小说的积极回应，或者说，是在新的时代境遇下的重新启航。这是一个令人振奋的现象——当代小说克服重重阻碍，重回现代性的起点。

　　这些青年作家当中，丁小龙写小说，写随笔，写诗，还搞翻译。他的个人才华，在不同文体之间自由穿梭，均有突出的表现。当然，他的写作重心还是放在小说上，这种虚构性的叙事文本，也更多地承载了他对生命和世界的整体性思考。他从西方的文学艺术、哲学乃至宗教神学的领域广泛汲取，带着新的理念和方法，打探并化解自己的梦想、欲望以及生存经验，构筑属于自己的文学空间。也许会有人觉得，包括丁小龙在内的很多作家、诗人，都难以摆脱西方文学大师的影响，甚至处于他们的阴影之下。毋庸讳言，这种现象不同程度地存在，但已不是哪个人的问题，而是中国文学的真实状况。如果我们回顾中国现代文学的发生、发展历程，便清楚地知道西方文学和文化的催生作用以及巨大影响。当然，"影响的焦虑"及其克服，对构建中国文学的主体性是有益的，尽管这一过程会相当漫长。

《世界之夜》《幻想与幻想曲》《万象》这三部中篇小说，是丁小龙探寻现代人存在困境与精神难题的"艺术家三部曲"，主人公分别为诗人、钢琴演奏家和画家。当作家将笔触对准艺术创作的小众群体，呈现他们内心的波澜、情感纠结及命运走向之时，无意之中也展现了诗歌、电影、绘画、古典音乐等多种艺术形式的魅力。不同的艺术形式丰富了小说的材料构成，铺陈出斑斓的色调和情感氛围，而且主人公对艺术的深刻见解，也赋予作品相应的思想深度。我们甚至可以这样理解：作家对创作本身和创作者生存状态的观照，也是对自身的审视与剖析。现代小说多以"我"的视角进行叙述。这种角度呈现的视域并不宽广，不适合用以描绘波澜壮阔的社会生活。但第一人称特有的主观性，能够深入人物内心、展露意识深处的暗涌、呈现多层次的心理结构。而且，"我"的称谓也是对读者的亲切呼唤，这呼唤使得他们能够轻易地进入文本现实，主动分担人物的命运和悲欢。

《世界之夜》从始至终都是第一人称叙述。这也是三部小说中"意识流"特征最为显著的一部，但已不同于早期"意识流"小说的晦暗和费解，其明晰度、可解性大大增强。小说随着主人公思想意绪的流转，自由地转换叙事场景，并在回忆和梦境中植入更多的情节单元。《幻想与幻想曲》，用的也是第一人称视角，但这个"我"分属男女主人公，是以他们的口吻交叉叙述的。直到第九章的"幻想曲"，才改换成第三人称。这样的视角以及灵活转换，不仅拓展了叙述的场域，也使得两人的叙述有了相互印证的真实感和层次感，以及结构上严丝合缝的效果。相对于前两部，《万象》运用了罕见的第二人称视角。义本中，称呼"你"的只能是隐身的"我"，即叙述者本人（作者）。第二人称叙述，会形成一个亲切的对话性结构，或者说话语场，哪怕这样的结构（话语场）仅仅表现为一种语气、语调或氛围。这样，在呈现的视域、表达方式、表达效果等方面，都大不相同。选择这样的视角进行写作，对于作家来说也会是奇妙的体验。

三部小说在结构上都非常讲究，产生了令人耳目一新的艺术效果。说到结构，它既有外在的形式感，又具备内在规定性，凸显文本的空间感以及时间的纵深感，从而形成一个深度空间。《世界之夜》分为"冬部""春部""夏部"和"秋部"四个章节，而 2047 年、2015 年、2001 年、1988 年，这四个时间节点，生命年轮的四个剖面，用来展示主人公的一生。四季对应不同的生命时段，其循环往复，也赋予作品生命轮回的寓意。小说以 2047 年的"现在"为起点，以整体倒叙的模式展开，生命的终结成为小说叙事的起点，而生命的开启则成为结局。这种物理时空的错位与颠倒，给人造成时光倒流的幻觉。这样的结构模型犹如一个平行置放的漏斗，末端最小，但也是开启生命历程的顶点。

《幻想与幻想曲》分为九节，前八节是"白色""黑色"的交替，第九节以"幻想曲"收束。何以如此标明题目？小说中的一句话可以用来说明："这一次，他们两个人成了一个人，一黑一白，像是一个人灵魂的正反两面，与钢琴黑白键交换着对世界的理解。""白色"是女主人公潘以梦的视角，"黑色"是男主人公荀生的视角，当他们再次相遇于长安城，两个人的视角往往叙述同一件事情。第九节是结局，也是他们合体演奏的高潮部分，以第三人称的视角进行了客观呈现。小说似有两条线索、两个声部，但仍是以交叉耦合的方式结为一体的。如果有兴趣，只读取其中白色或黑色部分，对于小说的故事情节并无减损。也就是说，这是一部可以一分为二又合二为一的小说，或可比喻为第一人称叙事的"双面人格"。

而《万象》这部小说，则以中国古代的五行学说结构文本。"水象""土象""金象""火象""木象"，是主人公为自己即将举办的画展创作的五幅作品，画展名为"万象"，也被用作小说的题目。事实上，这"五象"分别暗合了女画家在不同阶段的精神状态和自我追寻的历程，与叙述内容紧密呼应。"五象"构成"万象"，一个人的生命历程便得到整体展示。

这三部小说，除了叙述视角和结构上的关联及差异性之外，在内容呈现和主题的表达上也是互补的、同构的。《世界之夜》中，一个失败的诗人，唯一成功的诗作竟是献给母亲的"安魂曲"，或许只有经过死亡之光的烛照，有关生命的书写才能抵达诗歌的本质。主人公曾说，回忆是"时间的葬礼"，而小说正是在宿命般的死亡阴影的笼罩下展开叙述的。母亲已死（表姐成为唯一的牵挂），"我"凝视死亡，抵临存在的深渊，依次回顾自己底层生活的艰窘、婚姻的失败、对诗歌艺术的执着追求、兄弟之谊、母子之情等。透过小说诗性叙事的审美构成（对于时代、诗歌艺术、生命、时间、死亡等事物的形而上思考），我们发现其中最基本的叙述构架和脉络：一种建立在（或侧重）家庭关系模式上的表达。兄弟之间存在母爱分配不均导致的嫉妒，但更多是亲情的关爱；"我"对表姐极为依恋，而这种依恋也没有突破伦理的禁忌；而母子之情、母子之间的心灵感应，在小说最后一章有着非常精妙而动人的抒写。亲情叙事的魅力，来自家庭成员之间的冲突、隔阂、和解，一种感情的扭结及其缓释过程。而小说中的这一对母子的关系却十分融洽，有着深切的理解和亲密的精神联结。当然，舅舅、父亲、哥哥的先后离世，也是促成这种关系的客观因素。

《幻想与幻想曲》讲述了一对学生时代的恋人，时隔十余年，因舒伯特的《幻想曲》重新聚首，但又不可抗拒地再次分离的故事。小说以情爱关系为线索和主体，在情节的推进、感情的发展过程中，又穿插、交织着各自的家庭生活矛盾。情爱关系中特有的微妙和细腻、韵律和色彩，亲情关系中的爱恨交织与无法释怀，在其中都有集中而鲜明的呈现。在潘以梦和苟生看似弥合的感情发展过程中，却横亘着潘以梦的婚姻和对家庭的依赖、苟生的独身理念（一场灾难的后遗症）。童年时期的苟生因被钢琴教师猥亵，致使父子关系恶化、父母的冲突以至家庭破裂，罹患抑郁症的母亲最终选择自杀，而外婆也因此猝然亡故。这是苟生的心病，也导致他对婚姻生活的恐惧或者说厌恶。事实上，潘以梦面对婚姻裂痕的消极态度，也有着来自原生家庭的心理根源：父母之间无休止的战争。小说最后，男女主人公分别通过与亲人和解的方式，打开了心锁。他们合体演奏的《幻想曲》的高潮，也成为这段感情的升华、新生活的开始。

同样的，《万象》也是以情感生活导入并进一步展开的。女画家苏葵感情丰富，富有创作才华。但她的内心封闭而孤独，对他人有很强的戒备心。父亲是她绘画上的启蒙老师、幼小心灵的庇护者，然而父亲的过早离世（在和母亲的纷争中跳河自尽），成为她的心结，也成为母女关系间的一道屏障。父爱的缺失，让她从自己的大学导师身上寻求补偿；母爱的缺失，让她对母亲心生芥蒂和怨恨；一场婚姻的失败，更是让她无法从心底真正地接受一位热情似火的年轻恋人。但在和女儿的相处，以及对母女关系的重新思考中，她逐渐理解了母亲，修复了母女之间的裂痕。同时，她也从外公外婆历经风雨、始终不渝的婚姻生活中得到启悟。于是，她重拾信心，从残缺的家庭关系和破裂的婚姻关系中走出来，成为一个"新人"。

通过对这三部小说的阅读，我们会发现，父母关系不合导致的家庭动荡，是子女在心理上缺乏安全感、在人际关系中缺乏信任感的根本原因。而父亲或母亲的过早离世，也会成为子女心中无法愈合的伤痕。在普通的家庭结构中，父女或母子、父子或母女之间的关系，弗洛伊德式的解释不一定令人满意，但基于某种深切的心理动因而呈现的错综复杂却是事实。原生家庭的状况，一定程度上塑造了子女的人格，并进一步影响他们此后的生活和情感抉择。而对艺术家来说，还会暗中支配他们的创作主题与风格。关于这一点，文学和艺术史中不乏例证：

波德莱尔幼年丧父，母亲带着年仅六岁的他改嫁，其乐融融的童年生活发生剧变。父爱缺失，母爱也被人分享，于是他与母亲的关系日渐疏远，与继父之间充满对抗和厌憎。实际上，波德莱尔对母亲抱有强烈的爱恨交织的矛盾心理，这也深刻影响到他对女人的态度以及自己的情感生活。卡夫卡与父亲的关系，可以从小说《判决》中一窥端倪。他一生都活在暴君般的父亲的阴影中，对父亲的反抗或者说"精神弑父"，只能以失败告终。这失败也导致他三次订婚、三次解除婚约——对婚姻的恐惧。"形而上画派"创始人基里科，十六岁时父亲病故，这让他无法释怀，以致数十年间反复梦见父亲。他的很多作品中，地平线上都毫无缘由地出现一列冒着浓烟的火车，也许只有他自己知道，那是一种怎样的深情和怀念（他父亲是铁路工程师）。

　　艺术家早年的家庭关系，是艺术家性格、命运乃至艺术创作的深刻根源。但我们也可以说，正是童年的不幸促使艺术家以其超凡的创作进行疗治和补偿。小说在展示父子、母女之间的激烈冲突，或母子、父女之间的深挚情感上，都有着非常生动的表达和令人信服的现实依据。同时，主人公历经婚姻或情感生活的波折，为求解脱而追根溯源，最终从童年的精神创伤（家庭关系）中觅得解药。小说呈现了人物内心的挣扎，将这一过程演绎得曲折而生动，不能不说其中有着对精神分析学说的应用。同时，我们也看到，在这些艺术家的身上，有着来自艺术创作和现实生存的双重困境。"这是一个敌视艺术的庸众时代""婚姻就是艺术的天敌""其实，你心里特别清楚，艺术改变了你的生活，常常将你推向深渊，然而，在你最困顿的时候，艺术又拯救了你"。

　　这些来自艺术家心底的声音，让我们明白他们过的是一种异于常人的"双重生活"。这"双重生活"有谐和的一面，但更多是不可调和的矛盾，这矛盾以异常激烈的方式表现出来，甚至导致艺术家的命运悲剧。小说聚焦这类人群的生存状态，也就展示了更为多姿多彩、深刻盈透的生命主题。对艺术家而言，艺术和生活之间的那种"古老的敌意"，也不能阻止精神探险的脚步——艺术哺育的心灵有特别的韧性，能在任何境况下实施突围。

# 存在与时间的迷思

——读丁小龙短篇小说《零年》

"零年"是个什么时间概念？

我们所熟悉的，零（0）是数学符号。如果进行哲学上的引申，可以视为"无"，无中生有的"无"。诗学上，也不妨联想和幻化，那是与生命和存在密切关联的：结束了尚未展开，归返了却未启程……总之，是一种临界的、停滞的现象或状态，犹如黄昏的幽昧与雪地的空无。

这篇小说名为"零年"，五个章节，五个年度单元。当纷杂的叙述内容被纳入时间断面，经由抽象的时间的承载和表现，映入我们眼帘的就不单是文本结构的新颖别致，更包含了作者对于时间这一维度在小说叙事中的深刻理解与娴熟应用。于是，小说所呈现的时间性，也就并非时间本身，而是包裹了人物与事件的时间的流体。或者说，是生命及其存在无法僭越的时间属性。

丁小龙有很多小说，都在两个维度上同时展开：一方面，展示主人公在现实牢笼的挣扎，追寻生存的意义；另一方面，借助家族人物的情感关联，或直接或隐晦地回应着精神分析学的主题。因此，丁小龙的小说文本，往往是生存现实和精神现实的套叠。再加之时间这一维度，就构成了一个多面的立体的空间结构。他的"家族叙事"，也无意于处理历史素材或映现时代，而是紧扣人物的生死命运、情感纠葛，呈现个人心理的不同层面和家族精神的隐秘源流。

这篇小说以弟弟的死为缘起，以"我"，一个姐姐的口吻来叙述，整体上是一种对话性的结构。第一人称叙事，存在一种隐性的对话模式："我"和"我"，或者"我"和臆想中的读者的对话。而"我"以第二人称的"你"称呼弟弟，以"你"进行回忆或描述时，则是显在的对话模式。对话性结构能拉近读者与主人公以及作品的距离，具有天然的"亲昵性"。而且，不乏"召唤"的性质及其隐秘功能：将死者从空无的状态拖曳至生者的场域，使之现形，重新成为"在者"。

《零年》无疑是阴郁的。因为弟弟的死，父亲"体内装满了生锈的铁"，祖母"凝视枯叶的脉络，随后将其踩在脚下"，母亲"走出囚室，遇见光的那瞬间，突然就衰老了"。甚至带有神秘色彩："第二天，我将猫埋到了花园中的蔷薇之下，而这也是我埋掉的第三只猫。花园中的蔷薇也一年比一年长势凶猛。"然而，在这阴郁、衰败的家庭氛围中，"在我的眼中，你的死与死亡无关"。这是一种执念，而"我"的梦境更是这一执念的直观呈现。

姐弟之情，以日常人伦就能理解，无需动用精神分析学的原理。这也是这篇小说不同以往的地方。"每当我们一同出现在陌生人面前，他们一眼就可以看出我们是手足，有的甚至觉得我们是龙凤胎。""你是我生命中的独特存在……"这些都是姐弟深情的文本依据。所以，当"我"经历个人感情的变故，以及生存的窘迫，"生活处处都是牢笼""活着便是一种对意义的逃避""小丑是这个世界上最忧郁的工作"，也没有忘记"你"，时时想起并且召唤。有一天，"我突然明白，你一直以另外的形式活在这个家中，不是幽灵，而是活生生的却不以实体存在的方式"。

死亡，在丁小龙的小说中很少具有现实意义。生和死、存在与缺场、意志和表象……与其说丁小龙关注现实，不如说他关注的是存在，他想通过小说探讨生命、存在、价值之类的形而上课题。他让人物在一种现实和理想的永久争斗中不得安宁，即使死去，也在永恒暗夜苦苦追问。这说明，这种困境（现代人的困境）也正是丁小龙面临并极力破解的。

有答案吗？恐怕没有。这样的追问刺骨而恒久。

自始至终，这篇小说都没有明确交代弟弟的死因。但借助侧面描写和暗示，我们基本能够判断，那是一个与抑郁症有关，与自杀有关的事件。叔本华的哲学改变了他看待世界和人生的方式。弟弟在小说中以不在场的方式存在着，但他更像小说的主角，与"我"一起构成抒情诗般的对话性语场。而且，他的死是个人与世界的关系无法协调的结果，以否定性方式回应了时代的焦虑、现代性的忧思。是啊，在存在的迷思和现代人的精神困境中，突围的路径在哪里？

"我"经历生活和情感的颠簸，"孟庄也要消失了，有一家大型的石化企业将要征用那块土地"。一切都在变，而"你"永恒。"我"不断寻求着沟通、对话的可能。

读完整篇小说，也没发现与"零年"有关的说明，或直接线索。我们只能推测，"零年"是"第一年"之前的那一年，也即弟弟尚在人世的昔年？而这"昔年"在小说叙事中并没有出现，是不在场的，但并非不存在。或者，"零年"是对弟弟死亡的隐喻？小说中多次出现"白轮船"，而主人公说："我看不出这艘白船是起航，还是归航。""我知道，自己唯一可做的事情就是等待——等待死亡，也等待活着。"小说结尾有这样的叙述："这么多年来，我每隔几天就会给你发一条微信。这是一祈祷，也是一种祝福。我知道不可能收到你的回复。但是，我一直在等待你的回复。"

从这些零碎却极富暗示性的话语中，我们或许能够探得"零年"的轮廓，那是一种对死亡、对不在场的事物的召唤。虽然徒劳，但不可能的沟通以及沟通的努力，彰显了人的情感和意志。

而悲剧性的张力，也就出现在有限和无限拉锯般的撕扯中。